Tucholsky Wagner Zola Scott Sydow Freud Schlegel
Turgenev Wallace Fonatne Fouqué Friedrich II. von Preußen
Twain Walther von der Vogelweide Freiligrath Frey
Weber Kant Ernst
Fechner Weiße Rose von Fallersleben Richthofen Frommel
Fichte Hölderlin Dumas
Engels Fielding Eichendorff Tacitus
Fehrs Faber Flaubert Eliasberg Ebner Eschenbach
Feuerbach Maximilian I. von Habsburg Fock Zweig Vergil
Ewald Eliot London
Goethe Elisabeth von Österreich
Mendelssohn Balzac Shakespeare Dostojewski Ganghofer
Lichtenberg Rathenau Doyle Gjellerup
Trackl Stevenson Hambruch
Mommsen Tolstoi Lenz Droste-Hülshoff
Thoma Hanrieder
von Arnim Hägele Hauff Humboldt
Dach Verne Hagen
Reuter Rousseau Hauptmann Gautier
Karrillon Garschin
Defoe Hebbel Baudelaire
Damaschke Descartes
Hegel Kussmaul Herder
Wolfram von Eschenbach Dickens Schopenhauer Rilke George
Darwin Melville Grimm Jerome
Bronner Bebel Proust
Campe Horváth Aristoteles Voltaire Federer Herodot
Bismarck Vigny Barlach Heine
Gengenbach
Storm Casanova Tersteegen Grillparzer Georgy
Gilm
Chamberlain Lessing Langbein Gryphius
Brentano Lafontaine
Claudius Schiller Kralik Iffland Sokrates
Strachwitz Schilling
Katharina II. von Rußland Bellamy Raabe Gibbon Tschechow
Gerstäcker
Löns Hesse Hoffmann Gogol Wilde Vulpius
Luther Heym Hofmannsthal Gleim
Klee Hölty Morgenstern
Roth Heyse Klopstock Kleist Goedicke
Luxemburg Puschkin Homer Mörike
La Roche Horaz Musil
Machiavelli Kierkegaard Kraft Kraus
Navarra Aurel Musset
Nestroy Marie de France Lamprecht Kind Kirchhoff Hugo Moltke
Laotse Ipsen Liebknecht
Nietzsche Nansen
Marx Ringelnatz
von Ossietzky Lassalle Gorki Klett Leibniz
May vom Stein Lawrence Irving
Petalozzi Knigge
Platon Kafka
Sachs Pückler Michelangelo Kock
Poe Liebermann Korolenko
de Sade Praetorius Mistral Zetkin

Der Verlag tredition aus Hamburg veröffentlicht in der Reihe **TREDITION CLASSICS** Werke aus mehr als zwei Jahrtausenden. Diese waren zu einem Großteil vergriffen oder nur noch antiquarisch erhältlich.

Symbolfigur für **TREDITION CLASSICS** ist Johannes Gutenberg (1400 — 1468), der Erfinder des Buchdrucks mit Metalllettern und der Druckerpresse.

Mit der Buchreihe **TREDITION CLASSICS** verfolgt tredition das Ziel, tausende Klassiker der Weltliteratur verschiedener Sprachen wieder als gedruckte Bücher aufzulegen – und das weltweit!

Die Buchreihe dient zur Bewahrung der Literatur und Förderung der Kultur. Sie trägt so dazu bei, dass viele tausend Werke nicht in Vergessenheit geraten.

# Beatrice

Paul Heyse

# Impressum

Autor: Paul Heyse
Umschlagkonzept: toepferschumann, Berlin

Verlag: tredition GmbH, Hamburg
ISBN: 978-3-8424-0585-1
Printed in Germany



Ziel der TREDITION CLASSICS ist es, tausende deutsch- und fremdsprachige Klassiker wieder in Buchform verfügbar zu machen. Die Werke wurden eingescannt und digitalisiert. Dadurch können etwaige Fehler nicht komplett ausgeschlossen werden. Unsere Kooperationspartner und wir von tredition versuchen, die Werke bestmöglich zu bearbeiten. Sollten Sie trotzdem einen Fehler finden, bitten wir diesen zu entschuldigen. Die Rechtschreibung der Originalausgabe wurde unverändert übernommen. Daher können sich hinsichtlich der Schreibweise Widersprüche zu der heutigen Rechtschreibung ergeben.

# Paul Heyse

## Beatrice

(1867)

Wir hatten bis in die tiefe Nacht hinein geplaudert, unser drei, bei einigen Flaschen Astiweins, die wir durch einen glücklichen Zufall aufgetrieben hatten und nun im kühlen Gartenhaus auf das Wohl des eben aus Italien heimgekehrten Freundes leerten. Er war der älteste von uns und schon ein fertiger Mann, als wir ihn vor zwölf Jahren auf einer Reise im Süden kennenlernten. Auf den ersten Blick hatte uns seine männliche Gestalt, der Adel seines Wesens und eine gewisse melancholische Anmut seines Lächelns für ihn eingenommen. Sein Gespräch, seine ungewöhnliche Bildung und die Bescheidenheit, mit der er sie geltend machte, gewannen uns vollends, und die drei Wochen, die wir miteinander in Rom zubrachten, befestigten eine so warme Freundschaft, wie sie nur je zwischen Ungleichaltrigen bestanden hat. Dann mußte er plötzlich nach Genf, seiner Heimat, zurück, wo er an der Spitze eines ansehnlichen Handlungshauses stand. Aber in den folgenden Jahren hatten wir keine Gelegenheit versäumt, uns wiederzusehen, und auch jetzt war ihm der Umweg über unsere Stadt nicht zu weit gewesen, um uns wenigstens auf vierundzwanzig Stunden zu begrüßen.

Wir fanden ihn in seinem Aussehen unverändert; er war noch immer ein schöner Mann, das Haar kaum mit dem ersten Grau angesprengt, die hohe Stirn glatt und weiß. Aber er schien uns schweigsamer als bei unserem letzten Begegnen, manchmal so in sich versinkend, daß er unsere Fragen überhörte, während er minutenlang unverwandt die Perlen des Weins im Glase aufquellen sah oder ein Stück Eis langsam am Kerzenlicht zertauen ließ. Wir dachten ihn gesprächig zu machen, wenn wir ihn nach seiner letzten Reise ausfragten. Aber als auch dieses Lieblingsthema nicht sonderlich einschlug, ließen wir ihn gewähren und sprachen unter uns, froh, daß wir ihn wenigstens leiblich bei uns hatten, und ruhig abwartend, wann er auch geistig zu uns zurückkehren würde.

Indessen kramte ich allerlei Gedanken aus, die mich seit kurzem lebhaft beschäftigt hatten und die, unreif und schroff, wie ich sie hinwarf, den Widerspruch unseres Freundes, der ein scharfer Dialektiker war, zu jeder anderen Zeit gereizt haben würden. Der Zustand des Theaters in Italien hatte den Anstoß gegeben. Ich behauptete, es sei durchaus nicht wunderbar, daß es die Italiener, so pathetisch und leidenschaftlich sie sich gebärdeten, nicht zu einer tragischen Literatur gebracht hätten, die sich neben die griechische, englische und deutsche stellen könnte. Im Grunde sei es bei den Spaniern und Franzosen, trotz ihrer hochberühmten dramatischen Blüteperioden, nicht viel besser damit bestellt. Denn das Temperament der Romanen, ihre Natur wie ihre Kultur, seien nun einmal so streng an das Konventionelle gebunden, daß die eigentlichsten tragischen Probleme, die alle auf der Selbstherrlichkeit des Individuums beruhten, ihnen kaum verständlich würden; dazu komme noch, daß sie auch in der Form sich nie zu befreien und die rücksichtslosen Naturlaute anzuschlagen wagten, die allein den tragischen Schauder in uns erregen könnten. – Wie jedes ästhetische Gespräch, das nicht bloß an der Schale herumtastet, führte auch dieses bald in die rätselhaften Tiefen der Menschennatur, und während Amadeus scheinbar teilnahmslos mit seinem silbernen Stift Figuren in den verschütteten Wein zeichnete, nahm Otto lebhaft Partei für das, was ich als Konvention zu verdammen schien, er aber als das strengwaltende Sittengesetz auch in der Dichtung obenan stellte. Mein Satz schien ihm gefährlich, daß jeder tragische Fall das Naturrecht der Ausnahme gegen das bürgerliche Recht der Regel verherrlichen müsse, daß demnach der Begriff einer tragischen Schuld auf das Verbrechen hinauslaufe, einen Dämon im Busen zu haben, der den einzelnen über die engen Schranken der Alltagssatzung hinaushöbe und ihn darin bestärke, mit nichts sich abzufinden, nichts zu dulden, nichts zu verehren, was dem innersten Gefühl widerstreite. Damit lösest du, sagte er, die ganze Weltordnung, die doch wohl ihre guten Gründe hat, zu Gunsten eines unbegrenzten Individualismus auf und scheinst nur dem wahren Wert für die Poesie zuzuerkennen, was sich außer das Gesetz stellt. – Ich suchte ihn dabei festzuhalten, daß es sich hier nur um die eigentlich *tragischen* Kollisionsfälle handle, und daß große und starke, mit einem Wort, *heroische* Seelen den Streit der Pflichten anders zu lösen pflegten als der ängstliche, von kleinen Gewohnheiten und Rücksichten eingeengte Mittelschlag der Philister. Geniale Naturen, sagt' ich, die auf sich selbst beruhten, erweitern durch ihre Handlungen, indem sie das Maß ihrer innern Kraft und Größe als ein Beispiel vorleuchten lassen, ebensosehr die Grenzen des sittlichen Gebiets, wie geniale Künstler die hergebrachten Schranken ihrer Kunst durchbrechen und weiter hinausrücken. Und was an Obermaß und Übermut des Selbstgefühls in jenen heroischen Seelen sich rühren mag, wird es nicht eben durch den tragischen Untergang geläutert und gebüßt? Wenigstens nach der Meinung der Philister, denen das Leben das höchste Gut ist, die also auch schwerlich von Handlungen und Gesinnungen zu verführen sind, auf die nach dem Weltlauf der Tod gesetzt ist. Der Dichter aber und die, die ihn verstehn, wird sich das Recht nicht verkümmern lassen, sich der hohen Erscheinungen zu erfreuen, für welche die üblichen Zollstöcke der Moral nicht passen wollen. Und wer das unsittlich schilt, was bei unseren traurig mangelhaften bürgerlichen Einrichtungen starken und freien Menschen als eine heilige Notwehr übrig bleibt, für den ist Schönes nie geschaffen worden, und vom Guten kennt er nur das Nützliche.

Dieses und ähnliches hatt' ich gesagt, als auf einmal Amadeus aus seinem Hinbrüten zu mir aufsah und mir über den Tisch hinüber die Hand reichte. Ich danke dir, sagte er; du hast da ein gutes Wort gesprochen, das mir wohltut. Unter uns dreien kann ja auch kein Streit darüber sein, daß die Sitte nicht das Maß der Sittlichkeit ist, und daß die höchsten Aufgaben der Poesie an den Grenzen der Menschheit liegen. Aber gegen eins muß ich Einsprache erheben: daß du den Mangel eines wahrhaft großen tragischen Poeten in Italien aus der konventionellen Gebundenheit des Volkscharakters erklären willst. Als ob Gemüts- und Geschmacksanlagen, Sittliches und Ästhetisches sich notwendig Hand in Hand entwickelten, nicht oft genug eins das andere überholte! Wenn den Italienern das große tragische Talent geboren würde, das sie in ihrem Alfieri freilich längst zu besitzen wähnen, – der Genius des Volkes würde ihm auf halbem Wege entgegenkommen, und die akademischen Vorurteile des Stils hielten gegen eine echte Naturkraft so wenig stand, wie

alle anerzogene konfessionelle Sitte gegen das Recht und die Pflicht
eines freigebornen Gemüts. Nein, fuhr er in sichtbarer Erregung
fort, und seine Augen schimmerten feucht, das hohle Pathos ihrer
Trauerspiele ist nicht der Grundton, auf den die Seele dieser edlen
Nation gestimmt ist. Ich wenigstens darf dies nicht anhören, ohne
Verwahrung einzulegen. Denn wenn es je ein Wesen gab, das in
seinem Gefühl und Handeln auf sich beruhte und seinem Dämon
gehorchte, so war es mein Weib, und mein Weib war eine Italiene-
rin.

Er schwieg und wir saßen in der wunderbarsten Erregung ihm
gegenüber, ebenfalls stumm und atemlos vor Überraschung. So gut
wir ihn und all seine Verhältnisse zu kennen meinten, zum ersten
Male hörten wir heute, daß er verheiratet gewesen sei, mit einer
Frau, die er so hoch stellte und die er uns doch verleugnet hatte, wie
man eine Verirrung verheimlicht.

Nun stand er auf und ging in dem engen, halbdunkeln Raum eine
Weile auf und ab, und wir störten ihn weder mit Fragen noch mit
Blicken. Endlich trat er zwischen uns und sagte mit seiner tiefen,
klangvollen Stimme: Ich habe es euch nicht erzählt, weil mich die
Erinnerung zu sehr übermannt und manchmal, wenn ich es nur mir
selbst so recht gegenwärtig machte, mich ein Fieber befiel, das mich
eine Woche lang nicht wieder verließ. Und doch ist es mir wie eine
Schuld gegen euch vorgekommen, daß ich auf alle eure Neckereien,
warum ich keine Frau genommen, nur immer mit Scherzen antwortete. Ihr könnt glauben, hauptsächlich um dies endlich zwischen
uns ins klare zu bringen, habe ich diesmal, da ich wieder von ihrem
Grabe komme, den Heimweg so eingerichtet, daß ich euch treffen
mußte. Laßt mich also alles heraussagen, wie es mir auf die Zunge
kommt. Wir wollen erst noch die Fenster nach dem Garten öffnen;
es ist hier so schwül, daß man schwer Atem holt. So! – und nun
trinkt und raucht, und ich will auf und ab gehen. Ein Vierteljahr-
hundert ist darüber hingegangen, und doch steht alles wie von
gestern neben mir und läßt mich nicht ruhig bleiben.

Was er dann berichtete, bis an die Morgendämmerung – denn
auch nachher konnten wir uns nicht so bald trennen – , schrieb ich
am folgenden Tage auf, soviel ich konnte mit seinen eigenen Worten. Damals dachte ich nicht, daß es in Wahrheit sein letztes Ver-

mächtnis sein würde. Aber er hatte nicht zu viel gesagt. Die Nacht, in der er es uns erzählte, trug ihm ein Fieber ein, das ihn bis nach Hause begleitete. Eine nächtliche Aufregung beim Löschen eines Hausbrandes trat hinzu. Wenige Wochen, nachdem wir ihn zuletzt gesehen, kam die Nachricht, daß wir ihn verloren hatten.

Nun sind mir diese Aufzeichnungen um so wertvoller, und kaum kann ich mich entschließen, fremde Augen hineinblicken zu lassen. Dann wieder empfinde ich es als eine Pflicht, das wundersame Geschick dieser beiden Menschen nicht im Dunkeln zu lassen. Sollte nicht das, was hohe und edle Menschen erleben, Eigentum der ganzen Menschheit sein?

So will ich ihn denn erzählen lassen.

Ich war eben fünfundzwanzig Jahre alt geworden, als mein Vater starb; seit ich seinen schmerzlichen Todeskampf mit angesehen, schien ich mir um zehn Jahre älter. Kurz vorher hatte meine einzige Schwester, die ich sehr liebte, einen jungen Geschäftsfreund unseres Hauses geheiratet, einen Franzosen, dessen Familie seit lang in Genf angesiedelt war, und der nun seinen Namen unserer Firma hinzufügte. Wir standen uns so nah wie Brüder, und als er und meine Schwester in mich drangen, einige Monate auf Reisen zu gehen, um meine verstörten Lebensgeister wieder ins Gleiche zu bringen, ließ ich mich hierin wie in allen Dingen gern von ihnen bestimmen, zumal ich wohl fühlte, daß ich einer Hilfe von außen sehr bedürftig war.

Auch wirkte die Luftveränderung bald, wie meine Lieben gehofft hatten. Jugend und Lebensmut kehrten mir zurück; ich hatte wieder offene Augen für alle Schönheiten der Natur, und mein Sinn für die Künste, der schon auf früheren Reisen in Deutschland und Frankreich geweckt worden war, fand reiche Nahrung in Mailand und Venedig, wohin ich mich zunächst wandte, um dann in mäßigen Tagesreisen südlicher zu gehen.

Vor allem zog es mich nach Florenz, und die Herrlichkeiten, die ich dort zu finden hoffte, machten mich gegen manches undankbar, was mir auf dem Wege dahin begegnete. So hatt' ich mir auch für Bologna nicht mehr als einen einzigen Tag festgesetzt, Kirchen und Galerien hastig durchrannt und mich am Nachmittag in einen Wagen geworfen, um nach dem alten Klosterhügel San Michele in

Bosco hinauszufahren und mit einer Rundschau von da oben herab mein Reisegewissen über diese merkwürdige Stadt zu beruhigen.

Es war einer der heißesten Tage jenes Hochsommers, und obwohl ich sonst gegen jede Temperatur ziemlich unempfindlich war, lähmte mich doch heute die Schwüle bis zur Erschöpfung. Die Straße, die von San Michele nach der Stadt zurückführt, war völlig öde. Über die Mauern der Gärten ragten die Bäume und Büsche dickverstaubt herüber, die Räder des Wagens gruben sich in den handhohen glühenden Staub schwerfällig ein, mein Kutscher nickte so schlaftrunken auf dem Bock, daß er sich kaum im Gleichgewicht hielt, und sein müdes Tier schlich mit gesenkten Ohren ganz am Rande der Chaussee, um den schmalen Schatten mitzunehmen, den hie und da eine Villa oder Gartenhecke über die Straße warf. Ich hatte mich auf dem Rücksitz bequem ausgestreckt und mir aus meinem Regenschirm ein Zelt gemacht, unter dem ich in einer Art Halbschlaf hindämmerte.

Plötzlich wurde ich, nicht eben sanft, aus meiner Ruhe aufgeschreckt durch etwas, das mir gegen das Gesicht fuhr, als hätte mich im Vorbeifahren ein herüberhangender Baum gestreift. Als ich hastig aufsprang und mich umsah, fiel mein erster Blick auf einen blühenden Granatzweig, der auf meinem Schoße lag und offenbar über die nahe Mauer mir in den Wagen geworfen war. Die Bewegung, die ich machte, schien dem Gaul ein Zeichen, daß er stillhalten sollte. Der Kutscher schlief ruhig weiter. So hatte ich alle Muße, den Ort zu prüfen, von woher der Wurf gekommen war, und ließ es mir um so mehr angelegen sein, als ich hinter der hohen Gartenmauer deutlich ein verstohlenes Kichern hörte, wie von einem übermütigen Mädchen, das heimlich über eine gelungene Schelmerei triumphiert. Und richtig, noch hatte ich nicht lange gewartet, aufrecht im Wagen stehend und die Mauer scharf im Auge, als ein Lockenkopf unter einem großen Florentiner Strohhut über dem Mauerrand auftauchte. Zwei dunkle mutwillige Augen unter ernsthaften Augenbrauen richteten sich auf mich und schienen mich wie ein fremdes Wundertier anzustaunen. Als ich aber den Granatzweig erhob, die Blüten an meine Lippen drückte und sie dann gegen die junge Wegelagerin schwenkte, übergoß das reizende Gesicht plötzlich eine dunkle Röte, und im Nu war die Erscheinung wieder hinun-

tergetaucht, daß ich, ohne den Zweig in meiner Hand, am Ende
geglaubt hätte, alles sei nur ein Traum gewesen.

Ich stieg nachdenklich aus dem Wagen und ging ein paar Schritte
längs der Mauer hin nach dem hohen Gitterportal, das den Garten
verschloß. Durch die alten Eisenstäbe von schwerer mittelalterlicher
Arbeit konnte ich ein Stück des Parks übersehen und das Haus, das
mit verschlossenen Jalousien mitten zwischen Ulmen und Akazien
stand. Ich rüttelte am Schloß, das nicht zu öffnen war, und meine
Hand faßte schon nach dem Klingelgriff, als mich eine geheime
Scheu überfiel, das Innere dieses fremden Bezirks zu betreten. Und
was hätte ich für eine Figur gemacht, wenn man mich um den
Grund meines Eindringens befragt hätte? So begnügte ich mich, ein
Weilchen zu warten, ob die Zweigwerferin sich nicht irgendwo
blicken lassen würde, und betrachtete indessen das Haus, an dem
nichts Merkwürdiges war, so genau, als ob ich es zeichnen wollte,
bis die Sonne mir unerträglich wurde und mich unter mein Schirm-
zelt zurücktrieb. Der Kutscher kam darüber wieder zu sich, tat einen Ruck mit dem Zügel, und wir schlichen unseres Weges weiter,
ich immer noch den Kopf auf dem Rücken, obwohl nichts Holdes
mehr zu sehen war.

Als ich in meinen Gasthof »zu den drei Pilgern« zurückkam,
brach ein rascher Gewitterguß über diese schwüle Stadt herein, und
es war die Nacht darauf erquicklich kühl und feucht in den Straßen,
so daß ich nicht satt wurde, unter den langen Arkaden herumzu-
schlendern, bald hier in einem Café Eiswasser zu trinken, bald dort
ein Kirchenportal im fahlen Laternenschein zu studieren. Aber sosehr ich mich mit Stehen und Gehen abmüdete, ich konnte bis an
den frühen Morgen nicht zum Schlafen kommen. Daß es das junge
Gesicht von der Gartenmauer sein könnte, was mich wach hielt,
glaubte ich selber nicht, obwohl ich es beständig vor Augen hatte.
Ich hatte es immer für eine Fabel gehalten, daß der Funken eines
Blickes genüge, ein Herz in Brand zu stecken. Und so schob ich
meine Unruhe auf die überreizten Nerven.

Nur am anderen Morgen, als man mir die schon abends bestellte
Rechnung brachte und ich nun mit der Abreise Ernst machen sollte
und doch merkte, es lasse mich nicht fort, wurde ich nachdenklich.
Ich erinnerte mich, daß ich einen Geschäftsfreund unseres Hauses

hier in Bologna aufzusuchen hatte. Mein Gewissen in diesem Punkt war sonst nicht übermäßig zart. Jetzt aber schien es mir durchaus nötig, diese Pflicht der Höflichkeit zu erfüllen. Auch machte ich mir Vorwürfe, Raffaels heilige Cäcilien nur so flüchtig betrachtet zu haben, anderer Unterlassungssünden zu geschweigen. Bologna kam mir auf einmal sehr viel sehenswürdiger vor, und Florenz blieb mir ja aufgehoben.

Ich bildete mir zuletzt wirklich ein, die Zweigwerferin habe den geringsten Anteil an meinem veränderten Entschluß. Seltsam, daß mir die Umrisse des Gesichts, je mehr ich mich zurückbesann, immer mehr entschwanden, und nur die Augen allgegenwärtig mir vorschwebten. Ich merkte auch über Tag, während ich meinen Touristenpflichten nachging, keine besondere Aufregung in mir. Doch als ich, da die größte Hitze vorüber war, den Weg nach dem Landhause einschlug, als ob es sich von selbst verstünde, war eine wunderliche Bangigkeit in mir, und ich weiß noch genau, welche Lieder ich sang, um mir Mut zu machen.

Nun kam ich hinaus und fand alles wie gestern, das Haus im Garten nur weniger öde, da die Jalousien geöffnet waren und auf dem Balkon ein Hündchen stand, das, wie ich von dem Gitterportal nicht weichen wollte, mich heftig anbellte. Auch jetzt noch faßte ich mir nicht das Herz, anzuläuten. Es war, als warnte mich etwas, und fast wünschte ich selbst, das Gesicht nicht wiederzusehen, um dann morgen leichten Herzens abreisen zu können. Dennoch umging ich erst einmal die ganze Mauer, die sich ziemlich weit herumzog und drüben im Feld an niedrige Bauernhütten und Maisfelder grenzte. Auch dort war alles einsam. Als ich an die Stelle kam, wo ein niedriger Heckenzaun an die Mauer stieß, so daß ich bequem hinaufklettern und in den Garten sehen konnte, wagte ich es ohne Bedenken, da kein Mensch in der Nähe war. Eine große Steineiche ragte gerade dort von innen über die Mauer. Da stieg ich hastig hinauf und ergriff den niedrigen Ast, mich in der Schwebe zu halten.

Ich hätte es mir nicht besser aussuchen können; denn kaum hundert Schritte von mir entfernt sah ich auf einem verbrannten Rasenplatz, der aber jetzt im Schatten lag, zwei junge Mädchen, die Federball spielten und nicht ahnten, daß sie belauscht wurden. Die eine trug ein weißes Kleid und den großen Strohhut, den ich gestern schon gesehen hatte. Sie war nicht groß, nicht klein, schlank aufgewachsen wie ein Mandelbäumchen, dabei von einer raschen Anmut wie ein junger Vogel, daß ich ähnliches nie gesehen zu haben meinte. Die schwarzen Haare fielen ihr während des lebhaften Spiels frei um die Schultern, das Gesichtchen war blaß, nur Zähne und Augen leuchteten, und dann und wann lachte sie hell auf, wenn ein ungeschickter Wurf geschehen war; dann klopfte mir jedesmal heftig das Herz, und die Hecke unter meinen Füßen zitterte. Ihre Gespielin war fast gleich gekleidet, nur minder zierlich, und schien von geringerem Stande. Ich sah sie kaum, da ich genug zu tun hatte, allen Bewegungen der reizenden Gestalt zu folgen. Wie sie den Arm hob, um den Ball zu schlagen, wie sie mit scharfgespannten Augen fest in die Höhe sah, um den niedersausenden zu erwarten, ihr Jubel, wenn ihr ein Wurf hoch im Bogen geglückt war, ihr Kopfschütteln bei einem Fehlschlag – jede Gebärde ein Bild der reizendsten Jugendkraft und Lebensfülle! Ich fühlte deutlich, daß es um mich geschehen war, und gab mich, zum ersten Male in meinem Leben, einem Gefühle hin, das mich ganz und gar überstürzte und verschlang.

Mitten in dieser Hingerissenheit überlegte ich eben, wie ich es anfangen sollte, mich ihr zu nähern, ohne sie zu erschrecken, als mir der Zufall – nein, mein guter Stern zu Hilfe kam. Der Federball, den sie hoch in die Luft geschlagen, überflog den Wipfel der alten Steineiche, unter dem ich verborgen stand, und fuhr noch weit ins benachbarte Feld hinüber. Sie sah ihm ängstlich nach – ich weiß nicht, ob sie mich sogleich erblickte. Als ich aber eilig herabgesprungen und mit dem glücklich geretteten wieder über die Mauer aufgetaucht war, sah ich ihre schwarzen Augen erstaunt, aber nicht unwillig, nach der Stelle gerichtet, wo ich Posto gefaßt hatte. Die andere tat einen leichten Schrei, lief zu ihr hin und sprach hastig allerlei, was ich nicht hören konnte. Aber an ihren Gebärden merkte ich, daß sie ihr zur Flucht ins Haus zuredete. Das schöne Wesen schien nicht auf sie zu hören, sondern ruhig abzuwarten, wann es dem Fremden belieben würde, den Fund zurückzuerstatten. Als ich zögerte, immer im Anschauen versunken, nahmen ihre Augen einen vornehm trotzigen Ausdruck an, sie warf die Locken zurück und wollte sich eben mit einer kalten Miene von mir abwenden, als ich den Federball in die Höhe hob und sie mit einer raschen Gebärde noch zu warten bat. Dann nahm ich ein goldenes Medaillon in Herzform, das Haare meiner Schwester enthielt, mit dem Samtband, an dem ich es trug, vom Hals, befestigte es sorgfältig an das buntbefiederte Bällchen und warf es so glücklich hinüber, daß es unweit von ihren Füßen auf den hellen Kies des Gartens niederfiel.

Sie tat, mit der stolzesten Haltung von der Welt, einige Schritte mir entgegen, hob den Federball auf und warf mir, als sie das Medaillon bemerkte, einen raschen leuchtenden Blick zu, der mir bis ins Mark drang. Ihre Gespielin kam herzu und schien sie etwas zu fragen. Aber sie antwortete nicht, schob den Federball samt dem goldenen Anhängsel in die Tasche und bewegte darin, mit einer unnachahmlichen Hoheit, die Rakette, die sie in der Hand hatte, gegen mich, wie sich eine Fürstin für eine Huldigung bedankt. Dann wandte sie sich und ging mit langsamen Schritten, ohne noch einmal nach mir umzublicken, dem Hause zu.

Ich hatte nun freilich da oben nichts mehr zu suchen, und heute noch einen Versuch zu wagen, schien mir zu kühn. Was konnt' ich auch für jetzt mehr gewinnen? Sie hatte mich offenbar wiedererkannt. Mein neues Auftauchen mußte ihr sagen, wie ich es meinte; mein Herz hatte ich ihr zu Füßen geworfen, sie hatte es aufgehoben und es ruhte jetzt in ihrer Hand. Sollte ich ihr nicht Zeit lassen, sich zu besinnen? Ich war auch in einem Fieberzustand, daß ich irre geredet hätte, wenn ich ihr jetzt begegnet wäre.

Auch diese Nacht schlief ich wenig, aber ich habe nie in größeren Freuden aufgesessen und die Stunden schlagen hören. Als es dann wieder Tag geworden war, ging ich, sobald nur geöffnet wurde, in die Galerie und setzte mich der heiligen Cäcilia gegenüber, wohl zwei Stunden lang. Da prüfte ich mein Inneres wie vor einem reinen Spiegel. Ich empfand, daß mich kein Spuk der Sinne verwirrte, daß der Funken, der mir ins Herz gefallen war, wirklich vom himmlischen Feuer stammte. Dieser Morgen war wundervoll. Alles noch Ahnung und Vorgefühl, und doch ein überschwengliches Entzücken, als säße sie dicht neben mir und ich fühlte ihr Herz an meinem schlagen. Die Heilige mit ihrem stillen Emporblicken konnte den Himmel nicht offener sehen.

Wieder ließ ich die Zeit der Siesta vergehen, ehe ich meine Wanderung nach der Villa antrat. Aber diesmal begnügte ich mich nicht, durchs Gitter zu sehen; ich zog herzhaft an der Glocke und erschrak nicht einmal, als sie einen endlosen Lärm machte. Das Hündchen kam zornig auf den Balkon gelaufen, unten im Hause öffnete sich ein Seitenpförtchen neben der hohen Glastüre, und ein kleiner Mann, dessen gutmütiges Gesicht durch einen mächtigen grauen Knebelbart einen lächerlich martialischen Anstrich bekam, schritt in sichtbarer Verwunderung über den unerwarteten Besuch auf das Gitter zu. Ich sagte das Sprüchlein, das ich mir eingeübt, ohne Stocken, daß ich ein Fremder sei, ein Reisebuch über Italien im Werk habe und auch die Landhäuser um Bologna mit aufzunehmen denke. Es sei mir darum sehr wichtig, die Erlaubnis zu erhalten, auch hier nur einen raschen Umblick zu tun, da dieses Haus im alten Stil erbaut und in vieler Hinsicht merkwürdig sei.

Der Graubart schien von alledem nicht viel zu verstehen. Es tut mir leid, sagte er, aber ich darf den Herrn durchaus nicht einlassen. Die Villa gehört dem General Alessandro P., unter dem ich selbst gedient habe, und die Schweiz, wo der Herr herstammt, kenne ich wohl, denn da bin ich selbst durchgekommen unter dem Bonaparte. Hernach, wie alles zu Ende war und ich mit meinen Wunden zu schaffen hatte, kommandierte mich mein General auf diesen Ruheposten, und da er noch einmal heiratete, gab er mir seine Tochter hier aufzuheben, denn der Herr weiß wohl, wie es geht, wenn die junge Tochter schöner ist als die junge Mutter. Nun, da leben wir hier ganz friedlich, und der Signorina fehlt es auch an nichts, denn der Papa schickt ihr fast jede Woche irgend was Hübsches, und Lehrer im Singen und in den Sprachen hat sie auch die besten und an meiner eigenen Tochter eine Gesellschaft, wie sie sie nur wünschen kann. Nur in die Stadt kommt sie nicht, und die Mutter fragt nichts nach ihr, und das macht ihr auch weiter keinen Kummer, da der Vater doch alle Monat einmal sie besuchen darf. Aber jedesmal, wenn er kommt, schärft er mir wieder ein, daß ich das Kind hüten soll wie meinen Augapfel, und sonntags, wenn sie in die Messe geht, gehn Nina und ich selbst mit ihr und lassen kein Auge von ihr. Was wollt Ihr auch in dem alten Hause sehn? Ich versichere Euch, es ist wie hundert andere, und auch im Garten wächst nichts Besonderes. Das fehlte noch, daß Ihr in einem Buch von uns erzähltet; da würde es Händel setzen mit meinem Herrn, und am Ende jagte er mich, so alt ich bin, aus dem Dienst.

Ich suchte ihn nach Möglichkeit zu beruhigen, aber mehr als alle guten Worte wirkte ein Goldstück, das ich ihm durchs Gitter in die Hand drückte. – Ich sehe, Ihr seid ein honetter junger Mann, sagte er, und werdet einen alten Soldaten nicht unglücklich machen. Wenn Ihr so hitzig darauf besteht, so kommt und ich führe Euch herum, daß Ihr Eure Neugier büßt. Auch kann ich es um so eher, da die Signorina gerade Singstunde hat; so wird sie also gar nichts davon erfahren, daß ich einen Fremden eingelassen habe.

Er schloß mir mit einem schweren Schlüssel die Gittertür auf und führte mich ins Haus. Im Erdgeschoß war ein großer kühler Saal, mit Jalousien und schweren Vorhängen gegen die Sonne verwahrt. Ich bat, meiner Rolle getreu, ein Fenster zu öffnen, um die Bilder betrachten zu können, die an den Wänden hingen. Es waren Familienporträts von geringem Wert, nur eins, über dem Kamin, fesselte mich länger. Das ist die Mutter unserer Signorina, sagte der Alte; ich meine die rechte, die nun schon fünfzehn Jahr tot ist. Sie war eine schöne Frau, man nannte sie die schöne Heilige; die Tochter gleicht ihr sehr, nur daß sie lustiger ist und wie ein Vogel im Bauer beständig auf und ab springt.

Sie hat auch eine Vogelkehle, warf ich scheinbar gleichgültig hin. Ist sie das nicht, die da über uns singt?

Jawohl, sagte der Alte. Der Kapellmeister von unserem Theater kommt zweimal die Woche. Wenn darin der Papa (il babbo, sagte er) seinen Besuchstag hat – er bleibt dann immer viele Stunden –, singt sie ihm ihre neuen Arien, und dann ist der arme Herr wie im Paradiese. Er hat sonst auch wenig Freude, und ohne das Kind wäre ihm wohl besser in einer anderen Welt.

Was ist mit ihm? fragte ich. Ist er krank?

Wie man's nimmt, lieber Herr, sagte der Alte mit Achselzucken. Ich wenigstens wäre lieber tot, als so lebendig. Wer ihn gekannt hat, als er noch bei der Armee war – der Riese des Giovanni da Bologna auf dem Markt sieht nicht vornehmer und ritterlicher in die Welt, als mein General tat. Und jetzt – es ist herzbrechend. Den ganzen Tag sitzt er im Lehnstuhl am Fenster, schneidet Bilderbogen aus oder spielt Domino, und es ist, als hörte und sähe er nichts, und wenn seine Frau ihm etwas sagt, schielt er sie ganz schüchtern an und nickt ja zu allem. Nur was die Signorina angeht, da ist er noch ganz der alte, da darf ihn niemand hinters Licht führen wollen, oder er erfährt, daß der alte Löwe Tatzen hat, wenn ihm auch die Klauen beschnitten sind.

Und wie ist er in diesen Zustand gekommen?

Niemand weiß es, Herr. Es sind Dinge in dem Hause vorgefallen, von denen man nur gemunkelt hat. Ich meine immer, es muß ihm einmal von dem Weibe, will sagen Ihrer Exzellenz der jungen Frau Generalin, ein Schlag aufs Herz geschehen sein, von dem er sich nicht wieder ganz hat erholen können. Nun trägt er den Packen, den er sich selbst aufgeladen hat, wie ein alter standhafter Soldat Hunger und Durst erträgt, wenn er auch darüber zum Schatten einschrumpft. Ja, ja, das sind Geschichten!

Indessen stiegen wir die Treppe hinauf und kamen dem Gesang immer näher. Die Stimme hatte etwas Herbes, Ungeschmeidiges; ein hoher, jugendlicher Sopran, fast knabenhaft, und es schien, als singe sie nur, weil sie etwas auf dem Herzen habe, durchaus unbekümmert um ihren eigenen Wohllaut.

Wie heißt die Signorina? fragte ich, als wir oben waren.

Beatrice. Wir im Haus nennen sie Bicetta. O welch ein goldenes Herz! Meine Nina sagt oft: Vater, sagt sie, wenn sie warten soll, bis sie einen Mann findet, der sie wert ist, wird sie eine Jungfer bleiben. Seht, Herr, da ist ihr kleines Zimmer. Da liegen ihre Bücher; sie liest oft die halbe Nacht, sagt Nina, und in allen Sprachen. Da nebenan ist die Kammer, wo sie beide schlafen. Das Bild über ihrem Bett stellt meinen armen Herrn vor in der Generalsuniform, wie er uns in die Schlacht führt. Da hinten der Kleine, der die Muskete schwingt, das soll ich sein, sagt die Signorina. Sie hat ihm selbst erst den Schnurrbart gemalt, um es ähnlicher zu machen. Aber kommen Sie nur, hier ist nichts Merkwürdiges. Die Möbel sind alt, sehen Sie. Der General hat schon einmal neue herausschicken wollen, aber das Kind will es nicht leiden. Denn so sah hier alles aus, als die Selige hier ihren ersten Sommer als junge Frau zubrachte. Da auf dem Balkon saß sie immer in der Abendkühle und schaukelte die Wiege und sah nach der Stadt hinüber, ob ihr Gemahl noch nicht bald komme, wenn er Geschäfte hatte.

Ich trat hinaus und bückte mich in wundersamer Bewegung, um das Hündchen zu streicheln, das mir wedelnd die Hand leckte. Jedes Wort des braven Alten war ein Tropfen Öl in mein Feuer. Und dann die Stimme nebenan, deren Hauch die Flamme hoch und höher anfachte! – –

Um mich nicht zu verraten, sprach ich allerlei über den Stil, in welchem der Park angelegt war, über den Mosaiktisch, der mitten in dem großen Zimmer stand, und das verblichene Freskobild am Plafond. Ich konnte mich nicht entschließen, wieder auf den Flur hinauszugehen, obwohl mein Führer ungeduldig zu werden schien. Plötzlich brach nebenan der Gesang ab, im nächsten Augenblick flog die Tür auf, und sie selbst stand, das Notenblatt in der Hand, an der Schwelle.

So nah hatte ich sie noch nicht gesehn. Aber dennoch sah ich sie nicht viel deutlicher als an den vorigen Tagen, denn es schwamm mir vor den Augen. Nur hatte ich gleich auf den ersten Blick erkannt, daß sie mein Medaillon am Halse trug.

Der Alte war einen Schritt zurückgefahren und stammelte jetzt eine linkische Entschuldigung, wobei er mich verstohlen am Rock zupfte.

Es tut nichts, Fabio, sagte sie. Führe den Herrn nur herum, wenn er das Haus sehen will und den Garten. Geh mit, Nina, wandte sie sich an ihre Freundin, die auf einem niedrigen Sessel neben dem Klavier mit einer Stickerei saß; und höre, ich will dir noch etwas sagen.

Sie flüsterte ihr ein Wort ins Ohr, immer dabei den Blick auf mich geheftet, und verneigte sich dann mit der reizendsten Anmut gegen mich, der ich kein Wort vorbringen konnte. Dabei legte sie wie unwillkürlich die rechte Hand auf das Medaillon und wandte sich dann wieder zu ihrem Lehrer, der dem ganzen Intermezzo mit neugierigen Augen zugesehen hatte.

Auch schien die Stunde ruhig ihren Fortgang zu nehmen, während wir drei, die Tochter des Alten voran, die Treppe hinunterstiegen. Das Mädchen musterte mich nachdenklich bei jeder Wendung der Stufen von neuem, sprach aber kein Wort. Erst als wir im Garten waren, wandte sie sich zu ihrem Vater.

Ich soll dem Herrn zwei Orangen pflücken, hat Bicetta mir aufgetragen. Er werde durstig sein von dem weiten Gang. Wir wollen bei der Fontäne vorübergehen, da stehen die reifsten.

Ich folgte den beiden wie im Traum und sah nach dem Hause zurück, nach dem Fenster, aus dem ihre Stimme noch immer herabklang. Die Jalousie war halb aufgezogen, da konnte ich sie im Halbschatten stehen sehen und glaubte deutlich zu erkennen, daß sie uns nachsah. Nina sah auch hinauf und dann wieder auf mich. Mir war es nicht darum zu tun, mich vor ihr zu verstecken; am liebsten hätte ich ihr mein ganzes Herz offenbart. Aber da der Vater dabei war, konnte ich ihr nur zuletzt, als wir am Gitter anlangten und sie mir die Orangen gab, zuflüstern: Grüße sie und sag ihr, sie würde von mir hören. Und diese eine Frucht gib ihr, und wenn sie sie ißt – Da kam der Alte dazwischen, der mich minder freundlich verabschiedete, als er mich eingelassen hatte. Ich wiederholte mein Versprechen, zu schweigen. Aber er schien einen anderen Argwohn zu haben, und sein ehrliches Gesicht blieb verfinstert.

Die Nacht brachte ich damit zu, einen langen Brief an sie zu schreiben, in dem ich ihr meinen ganzen Zustand schilderte und mein Wohl und Wehe in ihre Hände gab. Wenn mir dann und wann der Schritt, den ich wagte, mitten in der unsinnigsten Leidenschaft allzu abenteuerlich vorkam, nahm ich die Orange, die neben dem Blatt auf meinem Schreibtisch lag, und drückte sie gegen die Lippen, schloß dabei die Augen und dachte an sie, wie sie sich auf der Schwelle mit jenem langen holdseligen Blick verneigt und die Hand an das goldene Herz gelegt hatte.

Hernach schlief ich sehr ruhig und bis in den hellen Tag hinein, ließ aber wieder den Mittag vorübergehen, eh ich als mein eigener Briefbote den entscheidenden Gang antrat. Das Glück wollte mir wohl. Ich hatte mir eine lange eindringliche Rede ausgedacht, mit der ich den Alten gewinnen wollte, wenn er Anstand nähme, meinen Brief zu besorgen. Aber statt seiner kam, als ich läutete, Nina ans Gitter; da konnt' ich die vielen Worte sparen. Das kluge Kind schien durchaus nicht überrascht, mich wiederzusehen. Auch nahm sie den Brief unbedenklich an. Aber auf meine Frage, ob sie glaube, daß die Signorina mir antworten würde, machte sie eine diplomatische Miene und sagte: Wer kann es wissen? – Ich würde jedenfalls am anderen Tage wiederkommen, sagt' ich, genau zu derselben Zeit, und bäte sie, mich hier am Gitter zu erwarten, daß ich nicht anzuläuten und ihren Vater ins Geheimnis zu ziehen brauchte.

Der Vater? sagte sie und lachte. Den fürchten wir nicht. Er tut immer, als wäre er ein Menschenfresser, und Bicetta braucht ihn nur anzusehn, so ist er um den Finger zu wickeln. Aber kommt morgen lieber eine Stunde später. Wir haben Zeichenstunde und können Euretwegen den Professor doch nicht wegschicken. Wollt Ihr?

Eine Kutsche rollte auf der Landstraße heran, ich hatte nur Zeit, der Kleinen noch ein Ja zuzurufen, dann war sie mir schon entschlüpft, und ich selbst floh rasch die Mauer entlang, um nicht hier am Gitter betroffen zu werden. Der Wagen hielt richtig am Portal, mein alter graubärtiger Freund, der Hausverwalter, sprang vom Sitz neben dem Kutscher herab und half einem hochgewachsenen schlohweißen alten Herrn aus dem Wagen, in dem ich sogleich, an Augen, Stirn und Nase, Beatrices Vater erkannte. Er ging etwas gebückt und mit trippelnden Schritten, sich die Hände reibend und über das ganze Gesicht lachend. Ein Diener hob einen Korb mit Blumen und allerlei eingewickelten Sachen aus dem Wagen und trug ihn dem Alten nach. Ich hatte mich so an die Mauer gedrückt, daß keiner mich bemerkte. Ich selbst aber übersah die ganze Szene. Ehe noch einer geläutet hatte, flog die Gitterpforte weit auf, und die schlanke weiße Gestalt der Tochter hing sich an den Hals des alten Herrn, der sie mit einer rührenden Heftigkeit in seine Arme schloß und dann halb schwebend hineintrug. Die anderen folgten. Ich sah mit Neid das Tor hinter ihnen ins Schloß fallen.

Wie ich die Stunden dieses Tages und der folgenden Nacht hinbrachte, weiß ich selber nicht. Es war ein beständiges Zwielicht um mich her, eine süße Betäubung, eine Schlaftrunkenheit, die mir die Augen zudrückte, während es beständig in mir sang und klang wie Flöten und Geigen. Denn sonderbar! so wenig zuversichtlich ich von jeher Frauen und Mädchen gegenüber mich gefühlt hatte, obwohl ich wußte, daß ich für einen schmucken jungen Mann galt, so getrost sah ich diesmal meinem Schicksal entgegen, als wäre mir das Herz dieses Mädchens so gewiß, wie daß morgen die Sonne aufgehen würde. Nur die Zeit, bis ich es von ihren Lippen hören sollte, schien unüberwindlich lang und langsam.

Noch muß ich hier eine seltsame Begegnung erwähnen, die ich am anderen Tage in einer Kirche hatte. Ich war absichtslos hineingetreten, bloß um den Ort meiner Ungeduld zu verändern. Denn weder Bilder noch Säulen, noch die Menschen, die vor den Altären knieten, interessierten mich nur im geringsten. Ich war so zerstreut, daß ich meinen Schritt zu dämpfen vergaß, da doch eben Messe war. Erst ein unwilliges Gemurmel eines alten Weibes erinnerte mich, daß ich mich unschicklich betrug. Da blieb ich am ersten besten Pfeiler stehen, horchte auf das Gesumme der Orgel und das Klingeln des Glöckchens und atmete den Weihrauch behaglich ein. Aber wie ich so die Augen mit abwesendem Geist über die kniende Menge schweifen lasse – ich selbst als Sohn eines strengen Calvinisten enthielt mich natürlich dieses andächtigen Brauches –, bemerke ich in einem Seitenstuhl mir gerade gegenüber zwei dunkelblaue Augen unter einer weißen, von lichtbraunem Haar überhangenen Stirn, die sich unbeweglich auf mich heften und auch nicht ihre Richtung ändern, solange die Messe dauerte. Ich gestehe, daß mir zu jeder anderen Zeit diese stumme Anrede eine Erwiderung abgelockt hätte. An jenem Morgen blieb ich ganz unempfindlich und wäre am liebsten fortgegangen, wenn ich nicht eine neue Störung hätte vermeiden wollen. Als aber alles sich erhob, sah ich, wie die schöne Frau rasch aufstand, den schwarzen Spitzenschleier über den Kopf zog und durch den schmalen Gang gerade auf mich zu kam. Sie war tadellos gewachsen, ein wenig zu voll, aber von einer Leichtigkeit der Bewegungen, die sie noch jugendlich erscheinen ließ. In ihrer weißen Hand, die ohne Handschuh den Schleier zusammenhielt, trug sie einen kleinen Fächer mit Perlmuttergriff. Den öffnete sie halb und bewegte ihn nachlässig, als sie in meine Nähe kam, und sah mir dabei mit einem ruhigen, aber vielsagenden Blick voll ins Gesicht. Dann, da ich keine Miene machte, als ob ich irgend etwas zu verstehen glaubte, warf sie den Kopf ein wenig zurück, lächelte vornehm, daß ihre schönen Zähne schimmerten, und rauschte an mir vorbei.

Im nächsten Augenblick schon hatte ich dies Intermezzo vergessen. Aber meine Freudigkeit war plötzlich verschwunden. je näher der Abend rückte, je bänger wurde mir der Mut, und in der verabredeten Stunde schleppte ich, wie ein schwerer Verbrecher, der vor seinen Richter treten soll, meine Schritte nach der Villa hinaus.

Ich erschrak heftig, als ich statt der Nina, die ich am Gitter zu treffen dachte, ihren Vater am Portal stehen sah. Aber der Alte, obwohl er mürrisch genug aussah, nickte mir doch schon von weitem zu und machte ein Zeichen, daß ich nähertreten sollte.

Ihr habt der Signorina einen Brief geschrieben, sagte er, den Kopf schüttelnd. Ei, ei, warum habt Ihr das getan? Wenn ich das von Euch gedacht hätte, mit meinem Willen hättet Ihr keinen Fuß in das Haus gesetzt. Und mein armer Herr, und alles, was ich ihm versprochen habe, und was alles noch kommen kann – ich darf gar nicht daran denken!

Tapfrer alter Freund, sagt' ich, es sollte nicht hinter Eurem Rücken geschehen. Wärt Ihr gestern zu Haus gewesen, gewiß, ich hätte den Brief Euch selbst gegeben und allenfalls hättet Ihr ihn lesen können, um zu sehn, daß ich nichts als Ehrenhaftes im Sinn habe. Aber sagt um Gottes willen –

Kommt, unterbrach er mich. Wir wollen die Zeit nicht verderben. Ihr seid ein honetter junger Herr, und übrigens: wie sollt' ich alter Tropf es hindern, wenn ich's auch wollte? Sie ist die Herrin, glaubt es mir, so jung sie ist. Wenn sie sagt: das will ich! so widersteht ihr niemand. Und sie will Euch sehn, sogleich, sie will selbst mit Euch sprechen.

Mir taumelten alle Sinne bei diesen Worten. Ich hatte nur auf einen Brief gehofft; nun *das*!

Der Alte schien selbst gerührt, als ich ihm stürmisch die Hand drückte, Er führte mich nach dem Hause und wie vorgestern durch die Seitentür hinein in den Saal des Erdgeschosses. Nur waren heut alle Läden und Vorhänge geöffnet, um das Abendrot einzulassen; zwei Sessel standen dem Kamin gegenüber, und von dem einen erhob sich, als wir eintraten, die geliebte Gestalt des Mädchens und tat einige Schritte mir entgegen. Sie hatte ein Buch in der Hand, in dem ich meinen Brief stecken sah. Ihre reichen Haare waren aufgebunden und mit einem schwarzen Samtband durchzogen. Auf ihrer Brust sah ich wieder mein Medaillon.

Fabio, sagte sie, mach die Tür nach dem Garten auf und bleib auf der Terrasse, für den Fall, daß ich dir etwas aufzutragen hätte.

Der Alte verneigte sich ehrerbietig und tat, was sie ihn geheißen hatte. Währenddessen standen wir uns unbeweglich gegenüber, und ich konnte vor Herzklopfen kein Wort hervorbringen.

Ihr Blick ruhte mit unerschütterlichem Ernste, halb fragend, halb staunend, auf meinen Augen. Endlich schien sie sich gefaßt zu haben und klar zu wissen, was ihr noch eben rätselhaft gewesen war. Sie reichte mir die Hand, die ich rasch ergriff, aber nicht an meine Lippen zu drücken wagte.

Komm, sagte sie, und setz dich. Ich habe dir viel zu sagen. Siehst du das Bild? Das ist meine liebe Mutter, die ist lange tot. Als ich deinen Brief gelesen hatte, hab' ich mich hierher gesetzt und sie gefragt, was ich dir antworten sollte. Dann schien mir's, als ob sie zu nichts ihre Zustimmung geben könnte, als zu der Wahrheit. Und die Wahrheit ist, daß ich, seit ich dich damals im Wagen gesehn, keinen anderen Gedanken gehabt habe als an dich, und daß ich bis an meinen Tod nicht aufhören werde, an dich zu denken.

Ich wußte nicht, wie mir geschah, als ich diese schlichten Worte hörte. Ich stürzte nieder neben ihrem Sessel, ergriff ihre beiden Hände und bedeckte sie mit Küssen und Tränen.

Warum weinst du nun? sagte sie und suchte mich aufzuheben. Bist du nicht glücklich? Ich bin es. Ich habe schon viel Schmerzen gehabt, aber in diesem Augenblick ist alles ausgelöscht; ich weiß nur, daß du bei mir bist und ich bei dir, und daß ich nun nie mehr unglücklich werden kann.

Sie stand auf und ich riß mich in die Höhe. Ich wollte sie im Taumel des Glücks in die Arme schließen, aber sie trat sanft einen Schritt zurück. Nein, Amadeo, sagte sie, das darf nicht sein. Du weißt nun, daß ich dein bin und nie eines anderen sein werde. Aber laß uns ruhig bleiben. Ich habe alles bedacht in dieser langen Nacht. Du darfst nun nicht mehr in dies Haus kommen, ich hab' es dem guten Fabio versprochen, daß ich dich heute hier zum ersten und letzten Male sehen wollte. Denn wenn du öfter kämest, hätt' ich bald keinen Willen mehr als deinen, und ich will meinem Vater keine Schande machen. Höre, du mußt zu ihm gehn, du wirst keine Mühe haben, im Hause eingeführt zu werden; es gehen ja, fügte sie mit einem Seufzer hinzu, so viele junge Leute dort ein und aus, auch Fremde genug. Wenn er dich dann ein wenig kennengelernt und Zutrauen zu dir gefaßt hat, dann halte um mich an, und du magst ihm auch sagen, daß wir uns kennen und daß ich niemand zum Mann haben will als dich. Das andere überlaß nur mir, und versprich mir auch, seine Frau nicht ins Vertrauen zu ziehn. Das wäre das Allerschlimmste, weil sie mich nicht liebt und es nicht gern sähe, wenn ich glücklich würde. Ach, Amadeo, ist es denn möglich, daß du mich liebst, ganz so, wie ich dich liebe? War dir's denn auch so an jenem ersten Tage, als wenn der Blitz neben dir einschlüge und die Erde bebte und Bäume und Büsche umher stünden in Feuer? Ich weiß nicht, wie es kam, daß mich der Mutwille trieb, dem Fremden, der unter dem Schirme schlief, den Zweig zuzuwerfen. Ich sah nicht einmal dein Gesicht; es war eine Kinderei, und sie reute mich fast im selben Augenblick. Aber dann zog mich's unwiderstehlich, ich mußte noch einmal über die Mauer sehen, und da standst du aufrecht im Wagen und grüßtest mich mit den Granatblüten, und da überlief es mich heiß und kalt, und seitdem stehst du immer vor mir, was ich auch tue oder lasse!

Ich hatte sie wieder zu den Sesseln geführt und hielt beständig ihre Hand, während ich ihr erzählte, wie *mir* diese Tage vergangen waren. Sie sah mich dabei nicht an, so daß ich nur das reizende junge Profil vor mir hatte; aber alles war ausdrucksvoll an diesem Gesicht, bis auf die seelenvolle Blässe und die zarten, bräunlichen Schatten unter den langen Wimpern. Dann schwieg ich auch wieder und fühlte nur in den feinen Adern ihres Händchens, das ich in meinen hielt, das rasche Blut klopfen. Der alte Fabio sah einmal bescheidentlich herein und fragte: ob er Früchte bringen sollte?

Hernach! sagte sie. Oder bist du durstig?

Nach deinen Lippen, flüsterte ich.

Da schüttelte sie wieder den Kopf, und ihre feinen Brauen wurden ernsthaft.

Du liebst mich nicht! sagte ich.

Viel zu sehr! erwiderte sie mit einem Seufzer. Dann stand sie auf. Wir wollen noch durch den Garten gehen, eh die Sonne ganz hinunter ist. Ich will dir Orangen pflücken. Diesmal brauch' ich es nicht der Nina aufzutragen.

So gingen wir, und sie hielt meine Hand fest und fragte allerlei, nach meiner Heimat, meinen Eltern, und ob das Haar in dem Medaillon mein eigenes sei. Als ich sagte, meine Schwester habe mir's gegeben, mußt' ich von der erzählen. Ich will sie sehen, sagte sie; sie muß mich lieben, denn ich liebe sie schon jetzt. Dann aber können wir dort nicht bleiben, weil es mein Vater nicht überlebte, sich von mir zu trennen. Er hat keine Freude außer mir. Nicht wahr, du kehrst dann wieder mit mir nach Bologna zurück?

Ich versprach, was sie nur verlangte. Was wäre mir auch unmöglich erschienen, seit sich dieses Wunder begeben und das holde Gesicht mich mit Liebesaugen ansah! – Nun wurde sie immer heiterer, wir lachten endlich zusammen wie die Kinder und warfen uns mit den Orangen, die sie von den Bäumen am Glashause gebrochen hatte. Komm, sagte sie, wir wollen Federball spielen. Nina soll mitspielen, obwohl ich fast eifersüchtig werden möchte, denn sie spricht nur von dir. Sieh, wie sie sich beiseite schleicht, weil sie glaubt, sie störe uns. Was haben wir uns zu sagen, das nicht die ganze Welt und Himmel und Erde hören könnten?

Sie rief nach ihrer Gespielin, und das gute Kind kam mit glühendem Gesicht heran, gab mir die Hand und sagte: Ich hoffe, Ihr verdient Euch Euer Glück. Niemand als Euch hätte ich sie gegönnt. Aber wenn Ihr sie nicht glücklich macht, Herr Amadeo – wehe Euch!

Sie begleitete ihre Drohung mit einer so lebhaften tragischen Gebärde, daß wir beide lachen mußten, und sie selbst lachte mit. Auf dem Rasenplatz, wo ich die Mädchen damals belauscht hatte, ließen wir nun zu dreien den bunten Federball fliegen und waren bald so fortgerissen von unserem Spiel, als hätten wir gar keine wichtigeren Angelegenheiten und nicht vor einer halben Stunde über unser Lebensglück entschieden.

Papa Fabio ließ sich nicht blicken. Als die Schatten dichter wurden, begleiteten mich die beiden Mädchen ans Gitter. Ich ward ohne einen Kuß des lieblichsten, geliebtesten Mundes hinausgeschoben und haschte nur noch durch die Eisenstäbe ihre Hand, um eine Minute lang meine Lippen darauf ruhen zu lassen.

Welch ein Abend und welch eine Nacht! Die Leute in meinem Gasthof mochten denken, daß ich nicht recht gescheit oder ein Engländer sei, was ihnen ziemlich das Gleiche bedeutet. Ich kam mit einem großen Korbe frischer Blumen nach Hause, den mir die Verkäuferin nachtrug; die verstreute ich oben in meinem Zimmer, bestellte mir Wein und warf einem Geiger, der auf der Straße spielte, einen blanken Fünffrankentaler hinunter. Dann schlief ich bei offenen Fenstern in der gelinden Nachtkühle und entsinne mich noch deutlich, wie es mir vorkam, als fühlte ich das Schüttern und Schwingen des Erdballs bei meiner Reise durch den Sternenhimmel in meinem Herzschlag nachzittern.

Erst am folgenden Morgen besann ich mich, daß noch manches zu überwinden war, bis ich besitzen durfte, was mein war. Wie sollte ich in das Haus ihres Vaters kommen? Und würde er ebenso rasch Zutrauen zu mir fassen wie seine Tochter? Indem ich eben unter den Arkaden schlendernd darüber nachsann, kam mir wieder mein Glück zu Hilfe. Jener Geschäftsfreund begegnete mir, den ich am zweiten Tage aufgesucht, und staunte nicht wenig, mich noch hier zu finden. Ich schützte vor, daß ich Briefe meines Schwagers abwarten müsse. Der Plan sei aufgetaucht, in Italien eine Kommandite unseres Hauses zu gründen, und es sei dabei zunächst von Bologna die Rede gewesen. jedenfalls müsse ich nun meinen Aufenthalt ins Unbestimmte verlängern und Bekanntschaften machen. Dabei nannte ich neben anderen Namen angesehener Familien das Haus des Generals. Unser Geschäftsfreund kannte ihn nicht selbst. Aber ein junger Geistlicher, sein Vetter, gehe dort ein und aus und werde mich gern einführen. Ich möge mich nur vor den gefährlichen Augen der schönen Frau in acht nehmen; denn obwohl sie nicht in dem Rufe stehe grausam zu sein, so würde ich doch gerade jetzt meine Zeit sehr fruchtlos verschwenden, da ein junger Graf ihr erklärter Galan sei und nicht geneigt scheine, so bald einem neuen Prätendenten Platz zu machen.

Ich stimmte in diesen Ton mit ein, so gut ich konnte, und wir verabredeten das Nähere. Schon am Abend dieses Tages traf ich mit dem jungen Geistlichen in einem Café zusammen und ließ mich nach dem Hause führen, das in einer stillen Straße lag; ein Palazzo, äußerlich ganz unscheinbar, im Innern mit großem Luxus ausgestattet. Über schwere Teppiche traten wir in das Zimmer, wo man allabendlich einen kleinen Kreis von Habitués empfing, Prälaten von jedem Rang, Militärs, einige alte Patrizier, immer nur Männer. Mein junger Abbate konnte nicht genug sagen, welch ein Glück es sei, in diesem Hause Zutritt zu haben. Welch eine Frau! seufzte er. Er schien die Hoffnung zu hegen, daß auch an ihn noch einmal die Reihe kommen würde.

Als ich eintrat, fiel mein erster Blick auf den alten General, der in einem Lehnstuhl saß, einem alten Kanonikus gegenüber, zwischen ihnen ein Marmortischchen, auf dem die Dominosteine klapperten. Auf einem Taburett neben ihm lagen Bilderbögen und Soldatenfiguren, und die Schere, mit der er sie auszuschneiden pflegte, wenn gerade niemand da war, der eine Partie mit ihm machen wollte. Eine Lampe hing über ihm von der Decke herab, und von neuem überraschte mich in der scharfen Beleuchtung die Ähnlichkeit mit meiner Beatrice. Mein Begleiter ließ mich nicht lange bei ihm verweilen. Nach den ersten höflichen Worten meinerseits, die der Greis mit einem kindlich gutmütigen Lächeln und einem Händedruck erwiderte, mußte ich in ein kleines Kabinett nebenan treten, wo die Frau vom Hause auf einem Diwan lag, ein langer, geckenhaft geputzter junger Mann ihr gegenüber auf einem Schaukelstuhl, beide, wie es schien, von ihrem Tête-à-tête ein wenig gelangweilt. Er blätterte in einem Album, das er auf dem Schoß hatte, die schöne Frau stickte ein buntes Kissen und streichelte dann und wann mit der Spitze ihres kleinen brokatnen Pantoffels das Fell einer großen Angorakatze, die schlafend zu ihren Füßen auf dem Polster lag. Bei dem gedämpften Schein der Wandleuchter, die aus unzähligen Spiegelgläsern zurückstrahlten, sah ich nicht sogleich, daß ich die Schöne von der Frühmesse vor mir hatte, obwohl der kleine Fächer mit dem Perlmuttergriff auf einem Seitentischchen lag. Sie aber mußte mich auf den ersten Blick erkannt haben. Sie fuhr so hastig in die Höhe, daß ihr der Kamm aus den vollen Haaren fiel und sie aufgelöst über den Nacken rollten. Die Katze wachte auf und schnurrte mich an, der lange junge Mensch warf mir einen stechenden Blick zu, und ich selbst war, als ich sie erkannte, von der Überraschung so betroffen, daß ich es der Zungenfertigkeit meines kleinen Begleiters Dank wußte, als er mich nicht zu Worte kommen ließ. Auch sie sprach lange nichts, sondern sah mich nur wieder mit demselben unverwandten Blick an, der mir schon in der Kirche unheimlich gewesen war. Erst als sie die steinerne Unhöflichkeit bemerkte, mit der der Graf meine Anwesenheit völlig zu übersehen sich bemühte, belebte sich ihr Gesicht. Sie lud mich mit einer leisen schmeichelnden Stimme, die das jugendlichste an ihr war, ein, auf dem Sofa neben ihr Platz zu nehmen, nachdem sie die Katze verjagt hatte. Ihr könnt indessen die Noten durchsehen, Graf, die ich heute aus Florenz bekommen habe. Ich will hernach singen und Ihr sollt mich begleiten.

Der junge Löwe wollte ein wenig murren, aber ein fester Blick aus den blauen Augen bändigte ihn. Wir hörten bald, wie er im Saale nebenan Akkorde auf dem Flügel griff. Währenddessen mußte sich der kleine Abbate mit dem Aufschneiden neuer französischer Romane beschäftigen, und ich blieb allein übrig, der Gebieterin den Hof zu machen. Gott weiß, wie ich jeden der beiden andern, am meisten aber den Kanonikus drinnen am Dominotisch beneidete! Vom ersten Wort, das ich mit dieser Frau wechselte, fühlte ich eine feindselige Regung in mir, die sich nur verstärkte, je sichtbarer sie mir entgegenkam. Ich mußte all meine Klugheit aufbieten, um nur den Schein der Artigkeit zu wahren und wirklich auf das zu hören, was sie sagte; denn meine Gedanken waren draußen in dem Gartensaale, und durch alles gewandte, glatte Geplauder hindurch hörte ich die sanfte Stimme meiner Geliebten und sah ihre ernsten Augen traurig auf mich geheftet.

Aber trotz meiner Geistes- und Herzensabwesenheit schien die schöne Frau nicht unzufrieden mit diesem ersten Gespräch. Sie mochte meinem beklommenen Wesen ganz andere Gründe unterschieben, und die Tatsache, daß ich überhaupt mich hatte bei ihr einführen lassen, deutete sie jedenfalls zu ihren Gunsten. Sie lobte mein Italienisch, nur habe es einen piemontesischen Anflug, den ich nicht besser verlieren könne, als wenn ich oft käme, jeden freien Abend, ihr Haus ganz wie das meine betrachtete. Sie selbst habe traurige Pflichten zu erfüllen, seufzte sie, mit einem Blick auf das Zimmer nebenan, von wo man eben das gutmütige Lachen des alten Herrn über eine gewonnene Partie hörte. Ihr Leben beginne erst in diesen Abendstunden. Ich sei freilich jung, und die Unterhaltung einer melancholischen, früh schon ernst gewordenen Frau könne kaum einen Reiz für mich haben. Aber eine aufrichtige Freundschaft, wie ich sie hier fände, sei wohl ein Opfer wert. Ich gliche einem ihrer Brüder, den sie sehr geliebt und früh verloren habe. Das sei ihr schon in der Kirche aufgefallen, und darum danke sie mir so innig, daß ich ihr Haus betreten.

Sie schlug mit einer sehr fein gespielten Verwirrung die Augen nieder. Dabei reichte sie mir lächelnd die Hand, die ich flüchtig an meine Lippen drückte. Auf gute Freundschaft! sagte sie halblaut. Zum Glück überhob mich das Eintreten neuer Besucher einer Antwort, die nicht von Herzen gekommen wäre. Es waren einige Geistliche, vollendete Weltmänner, die mich sogleich wie einen alten Bekannten behandelten. Auch der Graf trat wieder herein und flüsterte ihr einige Worte zu. Man erhob sich und ging in den Saal, wo der Flügel stand. Nun sang sie die neuen Sachen durch, während ihr Cicisbeo akkompagnierte. Ihre schöne Stimme erging sich in den glänzendsten Läufen und Trillern, und zwischendurch bemerkte ich wohl, wie sie nach der dunklen Ecke hinübersah, wo ich an der Wand lehnte und mechanisch, sobald eine Arie zu Ende war, in den allgemeinen Applaus einstimmte. Ich dachte beständig an die andere Stimme, die ich draußen in der Villa gehört hatte.

Diener in Livree traten leise herein und trugen auf silbernen Brettchen Sorbett und Gefrornes. Der Gesang hörte auf, man plauderte und lachte; der General erschien, auf seinen Stock gestützt, erzählte vergnügt, daß er sechs Partien hintereinander gewonnen habe, und fragte mich, ob ich auch spiele. Als ich es bejahte, lud er mich auf morgen ein, seinen Gegner zu machen, und rief darin dem Kammerdiener, da seine Schlafenszeit gekommen sei. Das war das Signal zum Aufbruch. Ich erhielt noch ein bedeutsames Lächeln von der Frau vom Hause und eilte, den Saal früher als die andern zu verlassen, da ich danach schmachtete, in der Einsamkeit die widrigen Empfindungen, die mich hier bestürmt, von mir abzuschütteln.

Ich wurde sie aber nicht eher los, als bis ich am anderen Tag, wieder um die Dämmerung, nach der Villa hinauswanderte. Ich wußte wohl, daß mir der Eintritt verboten war; ich wollte auch nur durch das Gittertor hineinspähen, ob ich nicht einen Streifen ihres Kleides oder das Band ihres Strohhutes erblicken könnte. Da stand sie selbst auf dem Balkon, allein und den Blick der Straße zugekehrt, als hätte sie mich erwartet. Eine Weile begnügten wir uns, mit Augen und Händen uns zuzuwinken. Dann machte sie mir ein Zeichen, daß sie herunterkommen wolle, und gleich darauf trat sie aus der kleinen Tür und kam auf mich zu, das Gesicht dunkelglühend von Freude und Liebe. Sie reichte mir die Hand hinaus. Als ich fragte, ob ich wirklich draußen bleiben müsse, nickte sie ernsthaft und sagte, die Hand aufs Herz legend: Du bist darum doch hier drinnen! – Dann vertieften wir uns lange in ein kindisches süßes Liebesgeschwätz, bis ich ihr erzählte, daß ich gestern bei ihren Eltern gewesen war. Als ich ein herzliches Wort über ihren armen Vater sagte, ergriff sie rasch meine Hand und küßte sie, eh' ich es wehren konnte. Von der Mutter und all ihrem Unwesen sagte ich kein Wort; sie verstand mein Schweigen wohl. Geh nur wieder hin, sagte sie, und tu ihm alles zuliebe, was du kannst. Es kann nicht fehlen, daß er dich lieb gewinnt. Dann hielt sie mir, als ich sie um einen Kuß bat, die Wange dicht ans Gitter und entriß sich mir eilig, als sie Reiter heransprengen hörte. Ich mußte fort, alle ungestillte Sehnsucht im Herzen. Ich gestehe, daß mich damals zuerst Zweifel über die Wärme ihres Gefühls für mich beschlichen. Ich wußte wohl, wie streng im allgemeinen die Mädchen in Italien sich selbst im Zaum halten, um hernach als Frauen sich oft um so zügelloser gehenzulassen. Aber nicht einmal durch das Gitter hindurch mir den Mund zu gönnen! Dann dacht' ich wieder an alles, was sie mir gesagt hatte, und ihren Blick dabei, und war getröstet.

Natürlich stellte ich mich am Abend pünktlich bei meinem alten General ein, der mich sogleich an das Spieltischchen kommandierte. Es kamen heut weniger Besucher als gestern. Der alte Kanonikus saß in der Fensternische und schlief mit lautem Schnarchen, da ich ihn beim Domino ablöste. Diesmal hatte sich die Frau nicht in ihr Kabinett zurückgezogen, sondern saß auf einem Kanapee unweit unseres Tisches, der lange Galan um so übellauniger ihr gegenüber. Sie hatte ihm einen Roman in die Hand gegeben, aus dem er vorlesen mußte. Er versprach sich oft und warf endlich das Buch mit einem landesüblichen Fluch beiseite, den man sonst nicht in gute Gesellschaft mitbringt. Seine Gebieterin stand auf und winkte ihm, ihr ins Nebenzimmer zu folgen, wo sich ein halblaut geführtes leidenschaftliches Gespräch entspann. Ich verstand nur so viel, daß sie ihm drohte, ihm das Haus zu verschließen, wenn er sein Betragen nicht ändere. – Der Alte, der über sein Spielglück sehr fröhlich war, horchte einen Augenblick auf. Was haben sie nur? sagte er. Ich zuckte die Achseln. Ein wunderlich ängstlicher Zug ging über sein

Gesicht. Er seufzte und schien einen Augenblick unschlüssig, ob er sich einmischen solle. Dann sank er in sich zusammen und schien zu träumen. – Der Kanonikus wachte auf und nahm eine Prise und bot auch dem alten Herrn die Dose. Das brachte ihm seinen Gleichmut wieder, und wir setzten unser Spiel eifrig fort. Er sagte mir, als ich endlich ging, ich möchte ja wiederkommen, er spiele noch lieber mit mir als mit Don Vigilio, dem Kanonikus. Diese Worte begleitete er mit einem herzlichen Händedruck und der liebenswürdigsten Freundlichkeit, wie er überhaupt bei all seiner Schwäche die Formen eines Kavaliers aus der alten Schule noch immer beherrschte. – Die Frau entließ mich kälter als gestern, doch, wie mir schien, nur des Grafen wegen, mit dem inzwischen eine Aussöhnung stattgefunden hatte.

Und ich täuschte mich nicht. Denn am Abend darauf, wo der Graf durch einen kleinen Ausflug von seinem Posten ferngehalten war, verdoppelte sie ihre Anstrengungen, mich in ihr Netz zu ziehen. Ich spielte die Rolle des arglosen jungen Menschen, der in aller Ehrerbietung nichts hört und sieht und versteht, und sah wohl, daß sie doch nicht ganz daran glaubte. Aber der geringe Erfolg ihrer Bemühungen mochte sie beleidigen und zu dem Vorsatz treiben, um jeden Preis meine wirkliche oder angenommene Kälte zu besiegen. Sie ließ sich von ihrem Ärger so sehr fortreißen, daß sie auch, als der Graf wiedergekehrt war, sich durchaus keinen Zwang antat. Auch die anderen Hausfreunde sahen, wie die Dinge standen. Ich hörte nur zu bald durch meinen Geschäftsfreund, daß man schon in der Stadt von mir sprach; er wünschte mir Glück zu dieser Eroberung und ahnte nicht, wie mir dabei zu Mut war. Ich sah ein, daß ich keinen Tag mehr zögern durfte, meine wahren Absichten zu erklären.

Ein Gespräch mit dem jungen Grafen gab den Ausschlag.

Er erwartete mich eines Abends, als ich in mein Hotel zurückkehrte, begrüßte mich mit eisiger Höflichkeit und bat mich kurz und bündig, entweder meine Besuche in jenem Hause einzustellen, oder mich auf ein Rencontre anderer Art gefaßt zu machen. Ich sei fremd und mit den Landessitten wohl nicht hinlänglich bekannt, sonst würde er sich nicht die Mühe genommen haben, mir erst noch diese Warnung zu erteilen.

Ich erwiderte, daß ich ihn noch vierundzwanzig Stunden zu warten bäte, er werde dann erkennen, daß nichts lächerlicher sei als eine Rivalität zwischen uns beiden. Er sah mich groß an; aber da ich keine Miene machte zu weiteren Eröffnungen, verneigte er sich und ging.

Am anderen Tag schon in der Frühe – denn ich wußte, daß der alte Herr zeitig aufstand – ließ ich mich bei ihm melden und traf ihn in seinem Schlafzimmer, aus einer langen türkischen Pfeife rauchend, im größten Behagen. Er hatte seinen ganzen Schatz an ausgeschnittenen Figuren in vielen Pappschachteln um sich her stehen und kramte darin herum. Als er mich sah, streckte er mir mit sichtbarer Freude die Hand entgegen, lobte mich, daß ich ihn auch einmal am Morgen besuchte, bot mir eine Pfeife an und wollte mir, da ich sie ablehnte, mit Gewalt ein paar Reiterfiguren zum Andenken verehren, auf die er besonderen Wert legte. Das Herz wurde mir schwer, da ich daran dachte, daß mein Glück in der Hand dieses armen Alten ruhe. Aber als ich das erste Wort von seiner Tochter gesagt hatte, verwandelte sich zu meinem Erstaunen der Ausdruck seines Gesichts vollständig. Er ward ernst und still; nur ein gespannter Zug auf der Stirn verriet, daß er selbst bei diesem Thema Mühe hatte, seine Gedanken zu sammeln. Ich verschwieg ihm nichts, von unserem ersten Begegnen an bis zu dieser Stunde. Er nickte dann und wann zustimmend; wenn ich von meiner Neigung sprach, glänzten ihm die Augen, und er sah gen Himmel mit einer feierlichen Rührung, die seine edlen Züge wahrhaft verklärte. Dann schilderte ich ihm meine Verhältnisse, den natürlichen Wunsch, wenn er mir sein Kind anvertraute, meine junge Frau mit in meine Heimat zu nehmen, wie ich aber auch bereit sei, einige Jahre in seiner Nähe zu bleiben, um sie ihm nicht zu entreißen. Da faßte er meine beiden Hände und drückte sie mit einer Kraft, die ich dem welken Invaliden nicht mehr zugetraut hatte. Dann zog er mich an sich und küßte mich herzlich, ohne daß er ein Wort sagen konnte, bis die Kraft ihn verließ und er in den Sessel zurücksank. Aber nach einer kurzen Pause machte er mir ein Zeichen, daß ich ihn aufrichten sollte, und als er auf seinen Füßen stand, sagte er: Du sollst mein Kleinod haben, mein Sohn, und ich danke Gott, daß ich diese Stunde noch erlebt habe. Komm! ich will hinüber und es meiner Frau sagen. Es war mir gleich, als ich dich sah, als ob du ein gutes Herz haben müssest. Und wenn ich zehn Töchter hätte, ich wünschte sie nicht besser versorgt. Sieh nur, sieh! das böse Kind, die Bicetta! sich einen Liebhaber anschaffen hinter dem Rücken des babbo! Aber so sind sie alle. Wenn sich's um eine Liebschaft handelt, kann man keiner trauen, keiner! – Dabei nahm sein Gesicht einen halb kummervollen, halb ängstlichen Ausdruck an und er seufzte; vielleicht fuhr ihm eine Erinnerung durch den Kopf. Gleich darauf umarmte er mich wieder, zupfte mich am Ohr, nannte mich einen Räuber, einen Heuchler und Verräter und zog mich an der Hand hinaus, um mich zu seiner Frau zu führen, die ihre Zimmer auf dem anderen Flügel des Hauses hatte.

Eine Kammerjungfer kam uns im Vorzimmer entgegen, sah mich mit großen Augen an und ließ den General erst zu ihrer Herrin hinein, nachdem sie bei ihr angefragt hatte. Mich zu empfangen, sei es noch zu früh. Ich war sehr froh darüber, obwohl mir die Zeit des Wartens unerträglich deuchte. Ich hörte kein Wort von dem, was drinnen verhandelt wurde, nur daß die Stimme des alten Herrn mit der Zeit lauter und gebieterischer wurde,Töne, wie ich sie nie aus seinem Munde vernommen. Dann wieder ein langes, hastiges Flüstern, bis die Tür aufging und der Alte hochaufgerichtet wie nach einer gewonnenen Schlacht herauskam. Sie ist dein, mein Sohn, sagte er; es bleibt dabei. Meine Frau läßt dich grüßen. Sie kam mir erst mit dummen Einreden. Es ist da ein Vetter in Rom, ein junger Laffe, der vor einem Jahr, als er fortging, sagte: Hebt mir die Bicetta auf, ich will sie heiraten. Aber das war Spaß, und ich und du, wir meinen es im Ernst, und du sollst sie haben, Amadeo. Es ist wahr, seufzte er, ich lasse manches gehn, wie's Gott gefällt. Wenn man ein alter Mann ist, fallen einem die Zügel aus der Hand. Aber es gibt Dinge, Amadeo, die mich wieder unter Waffen bringen bis an die Zähne. Da hast du meine Hand darauf, sie wird deine Frau. Komm heute abend; du sollst sie hier finden. Umarme mich, mein Sohn! mache sie glücklich; sie hat es tausendmal um ihren alten Vater verdient.

Wir trennten uns, nachdem er mich noch oben an der Treppe lange an sich gedrückt hatte. Als ich dann am Abend wiederkam, fand ich das Haus heller als sonst erleuchtet, schon im Vorzimmer eine Menge Menschen, die mich neugierig betrachteten. Im Salon saß der General auf seinem gewöhnlichen Platz, der Kanonikus ihm wieder gegenüber, aber die Dominosteine lagen unangerührt auf der Marmorplatte. Denn auf dem Schoß des Vaters saß das Mädchen, ganz ohne Putz und Schmuck, nur Granatblüten im Haar, die Arme um den Hals des Alten gelegt, als sei es ihr unheimlich in diesem Kreise und sie suche Zuflucht bei ihrem einzigen Freunde. Sobald sie mich sah, glitt sie von ihrem Platz herab und stand ruhig wie eine Bildsäule da, bis ich ihr die Hand bot. Sie warf einen raschen Blick nach dem Sofa hinüber, wo die Mutter saß, in glänzender Toilette; die Haare fielen auf die schönen entblößten Schultern zurück, der volle weiße Arm stützte sich auf das rote Seidenkissen; sie hatte es offenbar darauf abgesehen, die schlanke jungfräuliche Schönheit des Mädchens zu überstrahlen. Neben ihr saß der lange Graf, wieder im phlegmatischen Hochmut des Alleinherrschers, und nickte mir gönnerhaft wohlwollend zu. Als ich, meine Braut an der Hand, zu den beiden trat, sah ich wohl, daß die Frau leicht erblaßte. Aber sie begrüßte und beglückwünschte mich mit ihrem gewinnendsten Lächeln, bot mir die Hand zum Kuß und küßte Bicetta auf die Stirn, was diese wie leblos hinnahm. Nur das Zittern ihrer Hand sagte mir, wie ihr dabei zu Mute war.

Nun hatten wir eine große Cour anzunehmen, und ich bewunderte, mit wie vollendeter Haltung meine Geliebte dieser Flut von Redensarten standhielt. Der Vater sah uns in der höchsten Glückseligkeit beständig an. Dann winkte er uns, daß wir uns in die Fensternische setzen möchten, wo zwei Sessel einander gegenüberstanden, und er selbst vertiefte sich mit Don Vigilio in seine Partie. Bald hatten wir ganz vergessen, wo wir waren. Von dem schwirrenden Geräusch um uns her drang nichts an unser Ohr. Draußen an einer über die Gasse gezogenen Kette hing eine trübe Öllaterne. Aber sie leuchtete mir genug, um meinem Glück in die Augen zu sehen und mich an seinem Lächeln zu berauschen.

Später als gewöhnlich verließ man heute das Haus. Es wurde Champagner getrunken und von einem alten Erzbischof, der gerade auf einer Hirtenreise die Stadt besuchte, das Wohl der Verlobten ausgebracht. Der würdige alte Herr schien mich ganz besonders in Affektion zu nehmen. Ich mußte in seinen Wagen steigen und mich von ihm in meinen Gasthof fahren lassen. Aber kaum waren wir allein miteinander, als der Grund dieser ausgesuchten Freundlichkeit zum Vorschein kam. Sie sind Lutheraner? fragte er. Als ich es bejahte, bemerkte er mit einem milden Lächeln: Sie werden es nicht bleiben. Sie werden durch das Liebesglück, das Sie hier gefunden, noch ein größeres Heil gewinnen. Besuchen Sie mich morgen; wir sprechen weiter davon.

Ich versäumte nicht, mich einzufinden: aber von der Linie, die ich mir vorgezeichnet hatte, ließ ich mich keinen Zollbreit abdrängen. Ich nahm für mich selbst die volle Gewissensfreiheit in Anspruch, die ich auch meiner Braut gewähren wollte. Was die Kinder betraf, so sollte die Mutter darüber entscheiden, bis sie selbst in der Frage über ihr Seelenheil eine Stimme haben würden. – Der feine alte, Herr schien einstweilen mit meiner Stimmung ganz wohl zufrieden und auf die Zukunft zu rechnen. Da er aber wieder abreisen mußte, übergab er mich einem jüngeren Seelsorger, einem Ordensgeistlichen, der die Sache viel ungeschickter und leidenschaftlicher angriff, so daß ich endlich, um nicht selbst mich zu Unartigkeiten fortreißen zu lassen, den Verkehr mit ihm ganz und gar abbrach. Man verdachte mir das schwer; ich konnte es im Salon meiner Schwiegereltern deutlich an gewissen Mienen bemerken. Aber da der Vater unverändert herzlich blieb und auch die Herrin des Hauses mir, wenigstens scheinbar, ihre kühle Freundlichkeit nicht entzog, so war das Unglück zu ertragen.

Meine Geliebte selbst, gegen die ich aus meiner Stimmung kein Geheimnis machte, war einverstanden mit meinem Entschluß, in Zukunft alle solche Zumutungen von vornherein abzuwehren. Was wollen sie nur? sagte sie. Für uns gibt es nur *einen* Himmel und *eine* Hölle. Nicht wahr, Amadeo? Wenn ich ins Paradies käme und fände dich nicht dort, würde ich umkehren und nicht ruhen, bis ich dich gefunden hätte.

Wenn sie so sprach, sah ich wieder den Himmel offen und glaubte an keine Gefahr oder auch nur einen Aufschub meines Glückes. Wir hatten die Hochzeit auf den Oktober festgesetzt. Die zwei Monate bis dahin hoffte ich auch noch zu überstehen. Nur das eine beunruhigte mich, daß auf die Anzeige meiner Verlobung noch kein Brief weder meiner Schwester noch meines Schwagers geantwortet hatte. Wie wir uns kannten, hatte ich keinen Einspruch von ihnen zu befürchten. Ich konnte mir ihr Schweigen nur mit Krankheit oder anderem Kummer erklären, den sie mir vorenthalten wollten, und so hell mich das Leben in nächster Nähe anlachte, diese Sorge quälte mich von Tag zu Tage peinlicher. Endlich, nach drei Wochen der Ungeduld kam wirklich der ersehnte Brief; nur mein Schwager hatte geschrieben. Blanche, meine Schwester, sei nach einer gefährlichen Entbindung in eine schwere Krankheit gefallen, und noch jetzt stehe es so ungewiß, daß er ihr die aufregende Nachricht meiner Verlobung nicht habe mitteilen dürfen. Wenn ich mich irgend losmachen könnte, so wäre es ihnen beiden ein Trost, mich auf einige Tage wiederzusehen.

Du mußt reisen, sagte meine Liebste, als ich ihr den Brief ohne ein Wort gegeben hatte. Du mußt gleich morgen fort. Ich werde schon sehen, wie ich es fertigbringe, die Zeit ohne dich zu überleben. Schreiben mußt du mir, sobald du zu Hause bist, viel und oft, sooft du kannst. Wenn ich mit dir reisen könnte, was gäbe ich darum! Aber das ist ja unmöglich. Grüße mir Blanche und sage ihr, daß ich sie liebe, und bring ihr diesen Kuß von ihrer Schwester!

Sie umfing mich heftig und küßte mich auf den Mund, den ersten Kuß, den sie mir gönnte. Denn auch wenn ich sie allein getroffen und im Scherz und Ernst gebeten hatte, mich nicht so streng in Schranken zu halten, war sie immer unerbittlich geblieben. Wie oft hatte mich diese Zurückhaltung gekränkt. Dann brauchte sie nur ein Wort zu sagen und mir mit ihrem unbeschreiblichen Lächeln die Hand zu reichen, und jeder Hauch von Unmut oder Zweifel war augenblicklich zerstoben.

So nahm ich denn Abschied im vollsten Gefühl der Sicherheit, daß ich alles wiederfinden würde, wie ich es verließ. Der alte Herr sah mich mit sichtbarer Trauer scheiden und wollte mich gar nicht aus seinen Armen lassen. Die Frau schien ein lebhaftes Interesse an dem Zustande meiner Schwester zu nehmen und täuschte mich so vollständig, daß ich ihr unterwegs, sooft ich zurückdachte, vieles abbat, was ich ihr früher vorgeworfen hatte. Ich ließ einen Teil meines Gepäcks in der Villa zurück, denn dort hatte ich seit meiner Verlobung gewohnt, von dem Alten und meiner Freundin Nina aufs freundlichste verpflegt. Ich rechnete, in höchstens vier Wochen wiederzukehren, vielleicht sogar Schwester und Schwager mitzubringen, daß sie die Hochzeit mitfeierten. Nina sollte in die Stadt ziehen, um meiner Liebsten. Gesellschaft zu leisten. So war alles, wie es schien, aufs beste geordnet, und die Trennung nur ein Opfer, das ich dem Neide der Götter zu bringen hatte, ehe sie mich glücklich werden ließen.

Auch fand ich es zu Hause tröstlicher, als ich es mir in zaghaften Stunden während der langen Fahrt vorgestellt hatte. Blanche war außer Gefahr erklärt, und es schien, als ob die Freude des Wiedersehens und alles Gute, was ich ihr zu berichten hatte, ihre Genesung rascher förderte. Nur freilich war nicht daran zu denken, daß sie mich zur Hochzeit zurückbegleitete, schon des Kindes wegen, von dem sie sich nicht getrennt hätte. Auch mein Schwager wurde zu Hause festgehalten; das Geschäft nahm gerade damals einen so lebhaften Aufschwung, daß wir beide zu gleicher Zeit unmöglich fehlen konnten. Aber trotzdem drängten sie mich selbst, bald wieder aufzubrechen, und allerdings war unter diesen Umständen mein Bleiben auch für sie mehr eine Sorge als eine Freude.

Denn so fest wir es auch abgeredet hatten, uns oft und viel zu schreiben, so getreu ich Wort hielt und keinen Posttag versäumte – aus Bologna kam keine Zeile. Eine Woche lang war ich unerschöpflich in Vermutungen, dies ganz natürlich aufzuklären. Als ich aber volle vierzehn Tage in Genf gewartet hatte und weder von meiner Liebsten noch von irgendwem in ihrem Hause mir nur das geringste Lebenszeichen zugekommen war, geriet ich in die peinlichste Angst. Mein letzter Trost war, daß ein jähes Unglück unmöglich geschehen sein könne, da sonst ja ohne Zweifel unser dortiger Geschäftsfreund mich benachrichtigt hätte. Freilich, wer bürgte mir, daß er nicht selbst abwesend war, daß, wenn überhaupt Briefe verloren oder gar unterschlagen waren, nicht auch die seinigen darunter waren?

Ich mußte endlich aufbrechen, wenn ich nicht zu Grunde gehen wollte. In welcher Verfassung ich Tag und Nacht im Wagen lag, ist nicht zu beschreiben. Ich erschrak, als ich, eine Miglie vor der Stadt, meine Morgentoilette machte und mich dabei im Spiegel sah. Mit solch einem Bräutigamsgesicht zurückzukehren hatte ich nicht gedacht.

Es war ganz früher Morgen, als ich die wohlbekannte Straße im schnellsten Jagen dahinrollte und dem Postillon zurief, an jenem vergitterten Portal vor der Villa zu halten. Ich sprang mit zitternden

Knien hinaus und riß an der Glocke. Es dauerte eine Weile, bis der Kopf meines guten alten Fabio aus dem Pförtchen vorsah. Als er mich erkannte, erschrak er heftig, nahm sich nicht Zeit, das alte Wams über der nackten Brust zuzuknöpfen, und rannte mir entgegen, mit einer verstörten Miene, daß ich ihm schon aus der Ferne zurief: Sie ist tot!

Er schüttelte den Kopf und schloß mir eilig auf, Aber der Schrecken hatte ihm so den Atem versetzt, daß ich erst langsam und unvollständig ihm alles abfragen konnte. Er sah mein bleiches überwachtes Gesicht und glaubte mich schonen zu müssen, während er mich nicht grausamer martern konnte als durch sein Zaudern.

Manches freilich, was im Dunkeln vorbereitet worden war, wußte er selbst nicht, da er nur von Nina die Hauptsachen erfahren hatte. Ich aber, der ich die Menschen kannte, blieb über die Triebfedern des ganzen höllischen Ränkespiels keinen Augenblick im Zweifel.

Kaum hatte ich den Rücken gewandt, so war jener Vetter aus Rom erschienen, der von früher her Ansprüche auf meine Braut zu haben sich einbildete. Ob man ihn jetzt erst verschrieben, ob er auch ohne meine Reise auf eigene Gefahr aufgetaucht wäre, darüber bin ich nie ins klare gekommen. Er mache eine armselige Figur, sagte Fabio. Eine Menge Abenteuer und Spiel und Schwelgerei hätten ihn sehr reduziert. Aber da er der Neffe eines Kardinals und von altem Adel sei, gelte er noch immer für eine gute Partie. Bicetta habe ihn nie leiden mögen. Er (Fabio) entsinne sich, daß sie vor drei Jahren hier im Garten ihm eine derbe Ohrfeige gegeben, weil er sich herausgenommen habe, die kleine Cousine zu küssen. Da habe er lachend geschworen, für diesen Schlag solle sie ihm büßen, wenn sie seine Frau geworden. Und jetzt sei es so weit gekommen, daß er seine Drohung wahr machen könnte. Die Leute, die die Gewalt hätten, seien alle auf seiner Seite, desgleichen die Mutter, und den alten Herrn hätten sie so mit den Höllenstrafen geängstigt, wenn er sein Kind einem Ketzer gäbe, daß er zu Kreuze gekrochen sei und nichts mehr dreinzureden wage. Aber wenn er die Bicetta ansehe, so gingen ihm die Augen über und er könne stundenlang dasitzen und schluchzen wie ein Kind, und mit seiner Frau wechsle er kein Wort, denn er wisse wohl, daß die an allem schuld sei.

Und Beatrice? fragte ich, während mir der Grimm in allen Adern kochte.

Ja die Bicetta! sagte der Alte. Wer aus der klug würde! Zuerst, als man ihr zusetzte, sich von dem Lutheraner loszusagen, hat sie immer wieder erwidert: Ich habe ihm vor Gott gelobt, daß ich sein Weib werden will, den Eid will ich ihm halten und müßt' ich darum sterben. – Und davon ist sie nicht abgegangen; nur wie der Vetter ihr seine Aufwartung gemacht, hat sie ihm ganz kaltblütig gesagt: Gebt Euch keine Mühe, Richino; und wenn ich auch Amadeo nie gesehen hätte, Euch würde ich doch nie geliebt haben. Als er dann ihre Hand ergreifen wollte und anfangen, ihr schöne Dinge zu sagen, habe sie sich, in Gegenwart der Nina, hoch aufgerichtet und ihm nur erwidert: Ihr seid ein Elender, Richino, daß Ihr die Hand ausstreckt nach dem, was einem anderen gehört. Geht! ich verachte Euch! – Und dann hat sie ihn durchaus nicht mehr sehen wollen. Aber was soll man davon denken, lieber Herr, daß nun doch Hochzeit sein wird, und die Bicetta herumgeht, wie Nina sagt, ohne eine Träne zu vergießen, auch nicht mehr bittet und fleht, weder den Vater, noch die Mutter, noch irgendeine Menschenseele, ja vielleicht nicht einmal unsern Herrgott? Sie hat freilich von Euch so wenig einen Brief bekommen wie Ihr die vielen, die sie an Euch geschrieben und die ich oft selbst nach der Post getragen habe. Denn es scheint, daß die Herren auf dem Postbureau wissen, was ihre Schuldigkeit ist, wenn der Neffe eines Kardinals einem Fremden die Braut wegfischen will. Aber doch ist es wundersam, daß sie sich so rasch ergeben hat. Denn an Euch und Eurer Treue konnte sie doch nicht zweifeln. Nina sagt, man habe ihr gedroht, sie in ein Kloster zu sperren, wenn sie den Vetter nicht nehme. Ein Kloster ist freilich kein Ort für unsere Bicetta. Aber ich sollte meinen, immer noch besser, als diesen Mann zu heiraten, da sie Euch doch lieb hatte, und wie gesagt, mein bißchen Verstand steht mir dabei still, und auch meine Tochter kann nicht aufhören, sich zu verwundern.

Während der gute Alte das alles sagte und sich nicht getraute, mich dabei anzusehen, lag ich in einer furchtbaren Betäubung auf einem der Sessel dem Kamin gegenüber, wo wir damals Hand in Hand gesessen hatten, als wir uns verlobten. Ich war geradezu unfähig, einen Gedanken zu fassen, ja auch die Kraft zu empfinden, zu lieben und zu hassen, schien plötzlich gelähmt und alle Lebensregung zu stocken, wie wenn die Feder in einer Uhr durch einen Schlag gesprengt ist. Erst nach einer ganzen Weile fand ich die Besinnung, zu fragen, wann denn die Hochzeit sein solle. Heute nachmittag, sagte der Alte mit furchtsamer Stimme. Da sprang ich in die Höhe, von der Nähe der furchtbaren Entscheidung aus meiner Ohnmacht aufgerüttelt.

Der Graubart faßte mich an beiden Händen und sah mir erschrocken ins Gesicht. Um Gottes Barmherzigkeit, sagte er, was wollt Ihr tun? Ihr wißt nicht, wie mächtig sie sind. Wenn Ihr Euch öffentlich auf der Straße sehen ließet, wer weiß, ob Ihr den Abend noch erlebtet.

Ich will hin, sagt' ich, verkleidet, dem Schurken unter die Augen treten und ihm sagen, daß einer von uns in der Welt überflüssig sei. Du hast ja wohl deine alten Reiterpistolen noch im Stande, Fabio. Ich brauche nichts weiter. Laß mich!

Erst müßt Ihr *mich* damit über den Haufen schießen, sagte er und umklammerte so fest meinen Arm, daß ich wohl sah, im guten würde ich nicht loskommen. Und dann, sagte er, wißt Ihr denn, was unsere Bicetta dazu sagen würde?

Da hast du recht, sagte ich und fühlte, wie alle Kraft wieder von mir wich. Das weiß ich freilich nicht. Aber wissen muß ich es, oder ich werde toll. Laß meinen Arm los, gib mir meinen Hut, ich will in ihr Haus, ich sprenge alle Türen, die man mir verriegeln will, das übrige wird sich finden, wenn ich sie sehe!

Aber er ließ mich nicht los. Er führte mich in den Sessel zurück und sagte: Ihr wißt, daß es niemand besser mit Euch meinen kann und mit der Signorina und dem alten Herrn als Euer alter Fabio. Darum laßt Euch sagen und raten und rennt nicht Hals über Kopf ins Unglück. Wenn Ihr Euch einbildet, man werde Euch zu ihr lassen, so irrt Ihr Euch. Das Haus ist voll neuer Dienerschaft, wegen der Hochzeit. Da kämt Ihr übel an, wenn Ihr mit diesem Gesicht plötzlich nach der Braut fragtet. Laßt mich hingehen, mich werden sie nicht hinauswerfen, obwohl mich die Frau Mutter nicht gerade liebt; aber schlimmstenfalls kann ich meine Tochter rufen lassen, und wenn Ihr mir ein paar Zeilen mitgebt, sie sollen sicherer besorgt werden als durch die päpstlichen Posten. Setzt Euch da ans

Fenster und schreibt, und wie ich unsere Bicetta kenne, so wird sie Euch antworten.

Er lief, mir Feder und Papier zu holen, aber mein Zustand war so kläglich, daß ich die Feder nicht zu halten imstande war und vor dem Sturm, der mir durchs Herz tobte, mein eigenes Wort nicht verstehen konnte. Laßt es nur sein, sagte der Alte. Was braucht Ihr auch zu schreiben? Genug, wenn sie erfährt, daß Ihr da seid. Wenn sie darin noch Hochzeit halten will, so hülfen ja hundert Briefe nichts.

Damit verließ er mich. Aber erst mußte ich ihm einen Eid schwören, daß ich mich hier im Hause, wo sonst niemand war, verborgen halten wollte und nur *ihm* wieder meine Tür öffnen. Der Tag war darüber angebrochen; der Alte kam noch einmal zurück und brachte nur Wein und Brot, da er meine Schwäche sah. Darin blieb ich in dem totenstillen Haus allein.

Ich konnte nicht an einer Stelle bleiben, ich schleppte mich in den Garten hinaus zu den Orangenbäumen, von deren Früchten sie mir gepflückt hatte, zu dem Granatbusch, deren Blüten mir das erste Liebeszeichen gewesen waren. Überall sah ich ihre Gestalt, und je leibhaftiger sie mir entgegentrat, desto unbegreiflicher war es mir, daß sie mich vergessen haben sollte. Ich brachte, obwohl ich von der Nachtfahrt erschöpft war, weder Wein noch Brot über die Lippen; nur den Saft einer Orange sog ich begierig aus und fühlte mich davon erquickt, als ob ich Hoffnung und Mut damit eingeschlürft hätte. Dann stieg ich im Hause die Treppen hinauf und schlich durch alle Zimmer. In ihrem Stübchen lag noch alles, wie sie es verlassen hatte, das Buch noch aufgeschlagen, worin sie zuletzt gelesen. Ich las auf demselben Blatte weiter, Kanzonen Petrarcas, deren stille Musik mich kühlte und besänftigte. Ihren kleinen Rohrsessel, auf dem sie schon als Kind mit dem Püppchen gespielt, hatte ich an den Balkon geschoben und sah nach jeder Strophe auf die Straße hinaus, ob noch keine Botschaft komme. Aber ich war auf einmal ruhig und gefaßt geworden und fürchtete mich nicht mehr vor der Entscheidung.

Und doch fuhr ich wie vom Blitz getroffen auf meinem Sitz, als plötzlich drunten am Portal der Alte wieder erschien. Was bringst du? schrie ich ihm zu. Aber ich sah genug an dem kummervollen

Blick, mit dem er zu mir hinaufgrüßte. Mit zitternden Gliedern stürzte ich die Treppe hinunter ihm entgegen. Lest selbst, sagte er. Vielleicht wißt Ihr besser, was sie meint.

Ich riß ihm das offene Blättchen aus der Hand, auf das sie mit Bleistift in großer Hast folgende Worte geschrieben hatte: »Mein ewig Geliebter – was geschieht, *muß* geschehn. Suche es nicht zu hindern, aber glaube an mich; ich gehöre niemand als Dir. Du wirst alles begreifen, wenn wir uns wiedersehen, vielleicht bald; *wann* es aber auch sei, immer als die Deine.« – Dann noch am Rand des Zettels: »Halte Dich verborgen. Alles ist verloren, wenn Du Dich sehen lässest.«

Während ich noch auf die wenigen Worte starrte, berichtete mir der Alte, daß er sie nicht selbst habe sprechen können; Nina sei die Vermittlerin gewesen, und auch aus ihr habe er nicht mehr herausgebracht, als daß die Signorina kaum überrascht gewesen sei durch die Nachricht von meiner Rückkehr. Ich habe ihn längst erwartet, habe sie gesagt. Dann, da schon die Kammerjungfer mit dem Brautschmuck gekommen, habe sie den Zettel stehend am Fenster geschrieben und der Nina aufgetragen, ihrem Vater ja die größte Verschwiegenheit und alle Sorge um mich auf die Seele zu binden. Darauf habe sie ganz ruhig angefangen, sich die Haare aufzuflechten, um sich für die Trauung frisieren zu lassen. So ruhig schrieb sie das Billett, sagte die Nina, als wenn jemand sterben will, weil die Schmerzen ihn nicht leben lassen, und schreibt noch seinen letzten Willen auf. Sie habe immer geglaubt, sie zu kennen wie sich selbst; aber in der letzten Zeit verstehe sie nicht mehr von ihr wie von der himmlischen Vorsehung.

Und ich, der ich sie besser als irgend ein Mensch zu kennen glaubte, was verstand ich von ihr, während ich ihre Worte hundertmal wieder durchlas? Wenn sie niemand als mir angehören wollte, warum floh sie nicht zu mir hinaus, warum war ihr nicht das Kloster eine Zuflucht, bis ich Mittel und Wege fände, sie zu befreien? Warum erschien der abenteuerlichste Plan nicht möglicher und natürlicher als diese Ergebung in ein aufgedrungenes Schicksal, in eine Fessel, die nur der Tod zerreißen konnte?

Und doch war in den schlichten Worten etwas, das mich aufrecht hielt, wenn ich verzweifeln wollte, und mich still machte, sooft mir ein Ausbruch des Grimms und der Verzweiflung auf die Lippen kam. Ich schlief sogar ein paar Stunden und konnte dann etwas Speise zu mir nehmen, die mir mein treuer Pfleger bereitete. Gesprochen wurde nichts zwischen uns. Nur als die Stunde der Trauung herankam, hatten wir einen heftigen Streit. Ich bestand darauf, daß ich dabei sein wollte, er widersetzte sich aufs äußerste. Zuletzt, als er meinen unerschütterlichen Willen sah, half er mir selbst, mich in seinen Kleidern zu vermummen, und drückte mir einen alten zerrissenen Strohhut, mit dem er im Garten zu arbeiten pflegte, tief in die Stirn. Ich gehe aber mit, Herr Amadeo, sagte er. Ich fürchte, es ist einer nötig, der Euch am Arm zurückhält, wenn Ihr den Kopf verliert.

Wer weiß, ob er nicht recht behalten hätte! Aber als wir nach der Kirche kamen, waren die Hochzeitsgäste samt dem Brautpaar bereits drinnen und der Andrang der Menschen so ungeheuer, daß sie zu den Portalen hinaus bis weit über den Platz Kopf an Kopf geschart standen, um wenigstens den Zug herauskommen zu sehen. Ich machte dem Alten bittere Vorwürfe, daß er mich getäuscht durch eine falsche Angabe der Stunde. Er verteidigte sich hartnäckig, er habe es nicht anders gewußt. So warteten wir unter dem Volk, und die Glocken, die stark geläutet wurden, umdröhnten mich wohltätig, daß ich wieder in meine dumpfe Betäubung zurückfiel, bis es plötzlich hieß: Nun kommen sie! Da wäre ich umgesunken, wenn ich mich nicht auf Fabio gestützt hätte. Aber ich hielt mich gleichsam mit dem Blick an der hohen Pforte aufrecht, durch die sie heraustreten sollte. Und nun kam sie wirklich, und ich wunderte mich, daß ich den Anblick ertrug, daß er mir sogar die Ruhe wiedergab, obwohl sie neben ihrem Gatten ging. Der war ganz, wie ich ihn nach Fabios Schilderung erwartet hatte, ein Mensch, den ich auf einen Schlag mit meiner Faust zu Boden zu strecken mir getraut hätte; ein Lächeln auf dem welken Gesicht, das mir das Blut sieden machte. Er grüßte triumphierend mit vornehmem Kopfnicken links und rechts hin und strich das blonde Bärtchen auf der dünnen Oberlippe. Sie dagegen schritt ohne irgend jemand anzusehen durch das Volk, die Züge rätselhaft verschlossen, die Augen still vor sich hin gerichtet. Ein Kind gab ihr einen Blumenstrauß. Da hob sie es auf und küßte es, und ich sah deutlich, daß sie sogar lächelte. Wenn ich nicht so fern gestanden hätte und Fabio hinter mir, bei diesem Lächeln hätte ich mich durch die Menge durchgedrängt und sie laut gefragt, wie sie lächeln könne an diesem Tage. Aber es verschwand rascher, als ich es erzähle. Sie stiegen in den Wagen und rollten fort. Ihnen nach die Eltern, mein armer alter General völlig gebrochen neben seiner stolzen jungen Frau, dann die Gäste und alles, was an hoher Geistlichkeit in dem Hause aus und ein ging. Der Erzbischof selbst hat sie getraut, sagten Weiber neben mir. Sie hat ihn erst nicht nehmen wollen, aber der heilige Vater selbst soll ihr zugeredet haben. Von dem anderen, dem Lutheraner, ist es ganz still geworden. – Ja, ja, sagte eine, dem soll seine Schwester gestorben sein, das ist die Strafe dafür, daß er seinen Ketzerglauben nicht hat abschwören wollen. – Und so schwirrte es auf allen Seiten von albernem Gerede. Fabio zog mich fort. Er führte mich auf großen Umwegen nach der Villa zurück. Ich ließ ihn machen –, meine Kraft war zu Ende; ich fühlte nicht mehr von mir selbst als ein Fieberkranker oder Schlafwandler.

Noch jetzt, wenn ich zurückdenke, ist es mir unbegreiflich, wie ich diesen Tag überstand. Meine sonst immer ungestüm ausbrechende Natur mußte wohl durch die körperliche Ermattung der schlaflosen Fahrt von Genf hierher so gezähmt sein, daß ich das Entsetzlichste mit einer Art Stumpfsinn geschehen ließ. Ich taumelte, als ich nach Hause kam. Fabio nötigte mich einige Gläser Wein rasch hinunterzustürzen; sie wirkten so stark, daß ich umfiel und nichts mehr von mir wußte.

Ich kam erst wieder zu mir, als es Nacht geworden war. Lange mußte ich mich besinnen, wo ich war und was ich erlebt hatte. Der klare Himmel sah durch die hohen Scheiben der Glastür herein, und ein leiser Schimmer der Mondsichel streifte das Bild von Beatrices Mutter, das traurig, wie mir schien, von seinem Platz über dem Kamin auf mein niederes Lager herabsah. Da begriff ich erst, in welcher Nacht ich mich befand, was diese Stunden für mein Leben bedeuteten. Es brach gewaltsam in mir aus, eine Qual, die mich dem Wahnsinn nahe brachte. Ich schrie auf, daß meine Stimme, mir selbst zum Entsetzen, in dem öden Hause widerhallte. Dann warf ich mich auf den kalten Steinboden des Saals und wälzte mich, das Gesicht gegen die Fliesen gedrückt, mit den Händen mir das Haar zerrend, als könnte ein Körperschmerz den Jammer, der in mir wütete, übertäuben. Vor meinen Augen wurde es dunkel von Tränen, die mir, wie das Blut aus frischen Wunden, vorstürzten, ohne daß ich wußte, ich weinte. So lag ich und raste wie ein Tier und hätte gern mein Menschentum hingegeben, wenn ich mir damit Bewußtlosigkeit hätte erkaufen können. Alles, was von Gedanken in mir auftauchte, stieß ich heftig wieder in den großen Strudel zurück, der mein Innerstes durchbrauste. Ich wollte nichts fühlen und denken als das Furchtbarste, daß mein Kleinod zu dieser Stunde in fremder Hand sei. Immer wieder bohrte ich diesen Gedanken wie eine giftige Waffe gegen mein Herz, als könnte ich es daran verbluten lassen. Und erst, als ich mich an allen Sinnen und Gliedern zu Tode abgemattet fühlte, ließ ich ab von meiner selbstzerstörerischen Wut und lag nun regungslos im Staube und empfand die Steinkälte des Bodens wohltätig an meiner Schläfe, und die Tränen hörten von selber zu fließen auf.

Dann ermannte ich mich endlich so weit, daß ich aufstehn und mich in den Garten hinausschleppen konnte. An der Fontäne unter den Steineichen wusch ich mir den Staub und die Tränen vom Gesicht und trank dann in tiefen Zügen von dem schlechten Wasser, das mir aber das Blut erfrischte.

Ich konnte nun auch überlegen, was ich beginnen sollte. Aber freilich, soviel ich herumdachte, an einen Entschluß war noch nicht zu denken. Nur das nahm ich mir fest vor, daß ich ihr morgen schreiben, sie anflehen wollte, wenigstens die Qual der Ungewißheit zu enden und das Band, das mich an sie fesselte, vollends zu zerreißen. Die Worte ihres Billetts tauchten wieder in mir auf. Aber was konnten sie mir geben, seit ich sie aus der Kirche hatte kommen sehen und dieser Tag und die halbe Nacht so trostlos vergangen waren!

Als ich Mitternacht schlagen hörte und der Mond unterging, konnte ich es in dem schauerlich öden Garten nicht länger aushalten und kehrte in den Saal zurück. Ich zündete mir ein Licht an und stellte es auf den Sims des Kamins. Dann rückte ich einen Sessel vor, zog eine kleine Ausgabe des Dante aus der Tasche und vertiefte mich in die finstersten Gesänge seiner Hölle.

So mochte eine Stunde vergangen sein, da war mir's, als hörte ich draußen am Gitter des Portals einen Ton, als wenn ein Schlüssel im Schloß umgedreht würde. Das Haar stand mir zu Berg; ich dachte wahrhaftig im ersten Schrecken, meine arme Geliebte habe sich umgebracht, und ihr ruheloser Geist besuche mich, um mir das Blut auszusaugen. Aber sofort faßte ich mich, stand auf und horchte sorgfältiger in die Nacht hinaus. Die Gitterpforte klang, dann kamen Schritte über den Kiesgrund, im nächsten Augenblick tastete eine Hand draußen am Griff der kleinen Saaltür, sie öffnete sich, und eine Jünglingsgestalt im schwarzen Hut und Mantel stand an der Schwelle. Nun fiel ihr der Hut in den Nacken, da erkannte ich sie. Mit einem Schrei stürzten wir uns in die Arme und umklammerten uns, als sollten wir nie wieder Brust von Brust, Mund von Mund gerissen werden.

Sie löste sich endlich aus der Umarmung und sah mich mit einem Blick, der von Tränen glänzte, lange und schweigend an. Wie du bleich bist! sagte sie dann. All das hab' ich dir zuleide getan. Aber nun ist es vorbei. Ich habe Wort gehalten: hier bin ich, *dein* Weib, keines Menschen sonst, und wenn ich darüber hier und dort verderben müßte! O Amadeo, warum ist die Welt so voll böser Menschen! Warum werfen sie Schmutz auf das Reinste und lästern das Heiligste! Warum zwingen sie uns vor dem Angesicht Gottes zu Lüge und Meineid, daß wir Ja mit den Lippen sagen, wenn unser Herz Nein ruft! Nun haben sie es dahin gebracht, daß ich nur zu wählen hatte zwischen zwei Sünden: mich dem zu ergeben, den ich verachte, oder wie ein Dieb in der Nacht zu dem zu schleichen, der vor der Welt nie mehr der Meine sein soll. Aber nicht wahr, Amadeo, Gott mißt mit anderem Maß als diese selbstsüchtigen Menschen? Er will nicht, daß ich dir die Treue breche. Er kann auch nicht wollen, daß wir beide zugrunde gehen, ich im Kloster vergraben, du lieblos und freudenlos in der einsamen Welt. Er hat dich für mich geschaffen, mich für dich. Nun nimm mich hin, denn dir gehöre ich! Der andere hat mich mit keinem Finger berühren dürfen. Als man uns allein gelassen, hab' ich ihm gesagt: Wenn Ihr es je versucht, mir zu nahen, heute oder wann es immer sei, so ermordet Ihr mich. Denn ich habe es Gott zugeschworen, die Stunde nicht zu überleben, wo Ihr Euch erfrecht hättet zu glauben, daß Ihr Rechte auf mich besäßet. Ich habe Euch all dies vorausgesagt. Ihr habt dennoch Euern Willen durchgesetzt. So will ich nun *meinen* durchsetzen. – Und damit ließ ich ihn stehen und verschloß mich in meinen Zimmern, bis ich wußte, daß alles im Hause schlief. Dann half mir

Nina in diese Männerkleider – und nun bin ich hier! O Amadeo, das Glück, dir zu gehören, wäre zu groß, hätte ich es nicht durch Kampf und Gefahr erkaufen müssen!

Sie stürzte mir an den Hals und verbarg ihre glühenden Wangen an meiner Schulter. Alle Glut und Leidenschaft, die ihr Mädchenstolz in den Wochen unseres Brautstandes zurückgedrängt und kaum mit einem Blick verraten hatte, brach in hoher Flamme aus und schlug über meinem schwindelnden Haupte zusammen.

Als wir wieder zu denken und zu sprechen vermochten, erzählte sie mir alles, was seit der Trennung sich zugetragen hatte, die Ränke der Mutter, die hilflosen Versuche des Vaters, sich und sein Kind gegen die geistliche Obermacht zu verteidigen, ihr vergebenes Bemühen, durch unerschütterliche Wahrhaftigkeit die Feinde zu beschämen und endlich zu entwaffnen. Erst als sie gesehen, daß alles umsonst sei, daß man sie ohne Erbarmen dem Vater entreißen und in ein entlegenes Kloster einschließen würde, von wo sie nicht einmal einen Brief an mich gelangen lassen könnte, habe sie plötzlich sich entschlossen, zum Schein in alles zu willigen, um sich und mich zu retten. Sie haben es gewußt und gewollt, sagte sie. Am Ende ist es ihnen auch nur um den Schein des Sieges zu tun. Ob meine Seele darüber zugrunde geht, was liegt ihnen daran? Haben sie der Frau, der mein armer Vater den Namen gab, je darüber gezürnt, daß sie jeder Leidenschaft den Zügel schießen läßt? Sie sind alle Knechte des Scheins, weil sie den Anblick der Wahrheit, der sie beschämen würde, nicht ertragen können! O Amadeo, wie hundertmal habe ich Pläne gefaßt, zu dir zu fliehen und dann offen vor der Welt zu bekennen, daß ich dein Weib bin und sein werde bis in alle Ewigkeit. Aber du weißt nicht, wie mächtig sie sind. Wenn wir jetzt fortreisten Tag und Nacht, sie holten uns ein, und es wäre dein sicherer Tod. Und dann – mein armer Vater! Er überlebte es nicht, sich von mir zu trennen, und so! Aber sei nicht traurig. Wir gehören uns nun, und die darum wissen, sind treu. Vergib, daß ich dir nicht heute früh schon schrieb, ich würde kommen. Ich wußte nicht, ob ich es ausführen könnte, ob er mich nicht niederstieße, der Elende, wenn ich mich weigerte, ihn als meinen Herrn anzuerkennen. Und wäre ich dann ausgeblieben, hättest du nicht noch furchtbarer gelitten als so im Ungewissen, da du doch mein Wort hattest, ich sei dir treu und würde niemand angehören als dir? Nun komme ich jede

Nacht. Nina bleibt indessen zurück und spielt meine Rolle, für den Fall, daß man mich doch einmal suchte und vermißte, und der Portier dort im Hause ist ein braver Mann und haßt seinen Herrn, und für dich wäre er durchs Feuer gegangen.

Sie sah, daß ich mitten in allem Glück, da ich mein Weib auf dem Schoße hielt, still und nachdenklich dasaß. Was hast du? fragte sie. Du bist traurig!

Daß wir uns erschleichen müssen, sagt' ich, was unser heiliges Recht ist; daß wir in Nacht und Geheimnis uns verstecken müssen, als wäre es Verbrechen, zu halten, was wir uns gelobt haben!

Denke nicht daran, sagte sie und strich mir mit der Hand über die Stirn. Was kommen mag, können wir es wissen? Wir haben nichts gewiß als diese Stunde und unser Herz. Warum sollen wir nicht Gott dafür danken, der wissen wird, daß es so besser ist? Komm, ich will hier nicht sitzen wie dein Liebchen, die Hände in den Schoß legen und anderen überlassen, für dich zu sorgen. Du wirst hungrig sein, und auch ich habe seit gestern nacht keinen Bissen genossen. Ich weiß ja noch, wo Fabio seine Vorräte hat. Laß mich von deinen Knien aufstehen, mein geliebter Mann; ich will uns einen Hochzeitsschmaus rüsten, der soll fröhlicher sein, als der andere heut, wo ich sah, wie meinem armen Vater jeder Tropfen Wein zu Galle wurde.

Sie sprang auf und eilte hinaus in Kammern und Keller. Ich rückte indes ein Tischchen mitten ins Zimmer und zündete alle Lichtstümpfchen an, die auf den verstaubten Wandleuchtern steckten. Als sie wieder hereinkam, Teller und Gläser tragend, blieb sie mit einem fröhlichen Ausruf an der Schwelle stehen. Dann eilte sie, den Tisch zu decken, und goß selbst aus der schweren Korbflasche unsere Gläser voll. Komm, sagte sie, auf unser Glück! Wenn wir doch deine Schwester hier hätten – andere Hochzeitsgäste wollt' ich gern entbehren!

Dann trank sie und fing darauf an, mich zu bedienen, indem sie mir Fleisch und Oliven auf den Teller legte und das Brot schnitt und mir zuredete, zu essen, wie ein Hausmütterchen. Ich genoß ihretwegen von allem ein weniges, obwohl mich nicht nach Essen verlangte. Auch sie naschte nur, bis ich sie fütterte wie ein Kind und ihr die zartesten Schnitten des kalten Geflügels an den Mund hielt.

Sie öffnete ihn lachend und ließ mich gewähren. Nun aber bin ich wirklich satt, sagte sie und stand auf. Nun will ich noch dafür sorgen, daß du ein besseres Bett bekommst als die Polster da am Boden. Denn Fabio denkt an so etwas nicht. So ein alter Soldat fühlt kaum, ob er auf der nackten Erde liegt oder auf Federn. Das klügste freilich wird sein, du schläfst in meinem Zimmer droben, wo noch mein Bett steht, statt hier unten zu hausen, wo doch einmal einer hereinsieht und dich verrät.

Sie hing sich an mich und führte mich, nachdem wir die Lichter ausgelöscht hatten, in ihr kleines Zimmerchen hinauf. Als wir an Fabios Schlafkammer vorbeikamen, horchte ich, ob er sich rühre. Sei unbesorgt, flüsterte sie. Er weiß, daß ich hier bin. Vorhin, als ich den Wein holte, begegnete ich ihm, wie er aus dem Garten kam, und da hatte er die Früchte für unser Hochzeitsessen gepflückt. Er weinte und küßte mir wie außer sich die Hände. Aber er kommt jetzt nicht zum Vorschein, um uns nicht zu stören. – –

Der Morgen graute noch nicht, als sie selbst daran erinnerte, daß wir uns trennen müßten. Ich bestand darauf, sie in die Stadt zu begleiten, und als sie mich in der Vermummung sah, in der ich mich schon bei Tage hinausgewagt hatte, ließ sie es geschehen. Sie selbst drückte sich wieder den breiten Hut in die Stirn, und ich wickelte sie dicht in ihren Mantel ein. So verließen wir das Gittertor und wanderten der Stadt zu. Kein Mensch war auf den Straßen zu sehen, kein Licht brannte, am Himmel stand nur der Morgenstern im fahlen Blau, und der Wind kam frisch von Norden. Wir sprachen kaum ein Wort auf dem ganzen Weg. Mein Herz war beklommen, und auch sie schien das Unnatürliche unserer Lage jetzt erst zu empfinden, da wir uns trennen sollten. Als wir an ihrem Hause angekommen waren, hielt sie mich lange mit Tränen an sich gepreßt, ehe sie dem Pförtner das verabredete Zeichen gab. Auf morgen! sagte sie und löste sich von meinem Halse. Dann glitt sie in die halbgeöffnete Tür, und ich stand in der Finsternis allein.

Ein bitteres Gefühl überkam mich. So hatte ich sie wieder hingeben müssen, die Meine, die niemand als mir gehören wollte, in ein fremdes Haus, dessen Tür mir ewig verschlossen bleiben sollte. Hier an der Schwelle mußt' ich stehen und, wenn der Hausherr zufällig herausgetreten wäre, mich in einen Winkel drücken wie ein

Dieb, der dem Häscher ausweicht. Und was sollte daraus werden? wie das Leben ertragen werden, das solche Schleichwege ging? War das noch ein Glück, das täglich mit Qual und Sorge erkauft werden mußte?

Ich war noch nicht wieder in der Villa angelangt, als mein Entschluß, dem Unerträglichen ein Ende zu machen, schon unerschütterlich in mir feststand. Sofort wurde mir leicht ums Herz, und ich konnte, während ich im Morgengrauen auf der öden Straße dahinschritt, nun erst mich meines Glückes freuen und bis ins kleinste alles überlegen, was zu tun war, um es mir nie wieder entreißen zu lassen. Draußen fand ich den Alten schon im Garten beschäftigt. Ich weihte ihn in mein Vorhaben ein, und obwohl er es schwieriger ansah als ich, willigte er doch endlich in alles, was ich von ihm verlangte: keine leichten Opfer, in seinen Jahren, und da er sich von seiner Tochter trennen sollte. Er hatte aber geradezu keinen Willen, wo es sich um Bicetta handelte.

Dann verbrachten wir den Tag mit Vorbereitungen, und ich hatte mehr als einmal die Umsicht und Vorsorglichkeit des alten Soldaten zu bewundern. Den Nachmittag verschlief ich. – Nachts, schon von zehn Uhr an, war ich auf meinem Posten in der Nähe des Stadttores, durch das sie kommen mußte. Wir hatten es nicht verabredet, daß ich ihr entgegengehen sollte. Als ich darum aus meinem Lauerwinkel hervortrat und leise ihren Namen rief, sah ich sie heftig zusammenfahren und nahm rasch den Hut vom Kopf, und da erkannte sie mich und reichte mir unter dem Mantel die Hand, die noch zitterte, und so gingen wir, uns stumm anblickend, unseres Weges. Denn noch kamen einzelne Leute, die nach der Stadt heimkehrten, an uns vorbei und hätten Verdacht schöpfen können, wenn unter dem breiten Männerhut die zarte Stimme hervorgeklungen wäre. Erst draußen in dem Gartensaal, wo es hell und traulich war und ein ländliches Essen, von Fabio hergerichtet, uns erwartete, löste sich ihre Zunge. Sie erzählte, wie ihr der Tag vergangen war, wie langsam und unheimlich. Richino habe eine starre Kälte zur Schau getragen, vielleicht in der Hoffnung, sie dadurch zu demütigen und ihr ein Entgegenkommen abzutrotzen. Vor der Welt, den Eltern, den vielen Besuchern spiele er die Rolle des glücklichen jungen Ehemanns. Am Abend aber habe er sich, ohne eine Silbe zu sprechen, gegen sie verneigt und sich sofort in sein Zimmer zurückgezogen.

So kann es nicht fortgehen, sagte ich plötzlich, nachdem ich lange geschwiegen hatte. Es ist deiner so unwürdig wie meiner. Wir müssen ein Ende machen; es kostet nichts mehr als deinen Entschluß; der meine ist schon gefaßt.

Amadeo! sagte sie und sah mich groß an. Was kannst du meinen? Trennung? Lieber töte mich!

Nein, sagt' ich; du darfst nicht erschrecken. Ich mute uns nichts Übermenschliches zu, weder dir noch mir. Dich verlassen – mein Weib – mein anderes Ich –, du hast recht, das wäre der Tod! Aber was wir jetzt haben, ist schlimmer als Tod, ist ein Leben, das die Freiheit und den Adel unserer Seele mordet und uns beide, früher oder später, zugrunde richten wird. Und wenn es glückte, was undenkbar ist, daß ich hier verborgen bliebe, Jahr für Jahr, in welchem Zustande schleppte ich meine Tage hin, müßig und öde, von allen Menschen, außer dir, abgeschnitten, von meinen Lebenszielen verbannt, verzehrt von der Qual, in dieser Verschollenheit ein wertloses Dasein zu fristen! Aber auch unter günstigeren Umständen – wenn ich frei zu dir ins Haus kommen könnte und als dein Kavalier gelten –, ich bin nun einmal unfähig, Lüge und Halbheit zu ertragen. Was ich fühle, muß ich bekennen, was ich besitze, als *mein* anerkennen dürfen. Begreifst du, was ich meine?

Sie nickte und sah nachdenklich vor sich nieder.

Ich weiß, daß es dir schwer wird, fuhr ich fort und nahm ihre Hand, die ganz kalt und leblos war. Du sollst nun für immer fort, deinen Vater nie wiedersehen, wenn er sich nicht das Herz faßt, zu uns zu kommen, deine Heimat verlassen und alles, was dir von Jugend auf lieb gewesen, nicht mehr in der Kirche knien, an derselben Stelle, wo deine Mutter gebetet hat. Und nun graut dir vor der Fremde, um so mehr, da du dahin *fliehen* sollst, statt mit Freuden und Ehren deinen Einzug zu halten, und du glaubst, auch vor den Menschen, die dich lieben, die Augen niederschlagen zu müssen. Ist es nicht so, Beatrice?

Sie nickte wieder. Aber dann schlug sie die Augen zu mir auf und sagte: Ich will *alles* ertragen, wenn es dich glücklich macht!

Liebes Herz, sagt' ich und schloß sie in meine Arme, du traust mir zu – nicht wahr? –, daß ich sorgfältig abgewogen habe, was ich dir und mir schuldig bin, und daß mich kein Opfer schrecken würde, solange es meine Ehre nicht anficht und mich in deinen Augen nicht erniedrigt. Und hier ist nur *ein* Ausweg aus den Schlingen und Banden, in die uns die Feinde verstrickt haben. Du hast ganz recht gehabt, daß eine Flucht auch mit den schnellsten Pferden uns nicht gerettet haben würde. Wir müssen es behutsamer angreifen, wenn man uns nicht einholen soll. Ich habe mit Fabio gesprochen, er kennt die Wege und Stege nach Ancona so genau wie seinen Garten. Er will uns führen, wir gehen zu Fuß, nur bei der Nacht, alle drei in Bauerntracht, und schiffen uns von da nach Venedig ein. Auch er läßt alles zurück, was ihm hier lieb und teuer ist, nur um uns frei und glücklich machen zu helfen. Hast du den Mut, mein Weib, und traust dir die Kraft zu, den weiten Weg mit deinem Manne anzutreten?

Bis ans Ende der Welt! sagte sie und drückte meine Hand. Du sollst nicht über mich zu klagen haben. Ich kann alles, was du mir zutraust.

Ich umarmte sie in heftiger Bewegung. Komm! sagte ich dann und stand auf. Wir wollen etwas essen, uns für die Wanderung zu stärken.

Sie fuhr zusammen. Heute schon, Amadeo? Ich bitte dich, sosehr ich kann, fordere nur das nicht, daß ich fortgehe, ohne meinen armen Vater noch einmal gesehen zu haben, ohne die Andenken an meine Mutter, die ich zu Hause verwahre. Ich verspreche dir, daß mich nichts mehr wankend machen soll, daß ich mit keiner Träne mich verraten will, wenn ich meinen Vater zum letzten Male küsse. Aber ich fühle es: ohne *das*, ohne ihm wenigstens ein stummes Lebewohl zu sagen, würde ich nirgends in der Weit zur Ruhe kommen, und das Heimweh zehrte mich auf. Was ist auch dabei gewagt? Niemand ahnt, daß du hier bist, niemand sieht mich gehn und kommen. Auch der Nina will ich kein Wort sagen, und wenn ich morgen abend aus meinem Hause gehe, soll alles für immer hinter mir liegen, das verspreche ich dir. Nur die wenigen Stunden laß mir noch, mit allem fertig zu werden. Dann sollst du mich ha-

ben, als wäre ich gerade vom Himmel in deinen Arm gefallen und
hätte keine Heimat als deine Liebe.

Sie sah mich mit einem Blick an, dem ich nicht widerstehen konnte, obwohl mir jeder Aufschub unheimlich war. So willigte ich ein,
und ihre Heiterkeit, die darauf zurückkehrte, riß auch mich bald
aus allen trüben Gedanken. Wir aßen zusammen, Fabio bediente
uns, von unserem Vorhaben ward weiter kein Wort gesprochen.
Dann schickte ich den Alten zu Bett und trug selbst den Nachtisch
herein und eine kleine Flasche eines süßen Weins, den sie gern
trank, nur fingerhutweise, aber schon wenige Tropfen röteten ihr
blasses Gesichtchen. Wer uns so gesehen hätte, wie wir an dem
kleinen Tisch nebeneinander saßen, sie immer noch in ihren Män-
nerkleidern, nur das Haar frei über die Schultern herabfallend, wie
sie mir das Glas vom Munde wegnahm, um daraus zu trinken, von
meinem Teller aß, dann das Kätzchen, das herbeischlich, mit Oran-
genschalen bewarf, und wenn es sich damit jagte, mich plötzlich
küßte, als hätte nun eine dritte Person den Rücken gewendet und
wir brauchten uns keinen Zwang mehr anzutun – wer hätte da geglaubt, daß wir, von Gefahren umgeben, diese Stunden uns nur
verstohlen erobert hatten und nur auf den Raub genossen!

Sie stand dann auf und zog mich in den Garten hinaus. Laß mich
noch Abschied nehmen, sagte sie, von meinen lieben Bäumen, dem
Granatstrauch, den Orangenbäumchen und der Fontäne. Morgen ist
dazu keine Zeit. – Wir gingen, Arm in Arm. Sie trank noch einmal
aus dem Marmorbecken, steckte eine Orange zu sich und brach
einen Granatzweig. Die müssen auch mit, sagte sie. Im Norden bei
dir wächst so etwas nicht. Da lerne ich es auch wohl entbehren. Und
diesen Federball – sie hob ihn auf, da sie ihn vergessen im Grase
liegen sah – will ich nicht zurücklassen. Unsere Kinder, setzte sie
leiser hinzu, indem sie sich an mich drückte, unsere Kinder sollen
damit spielen, und dann erzählst du ihnen, daß du dein Herz gegen
einen solchen Ball vertauscht hast. –

Wir waren an die Stelle gekommen, wo ich damals über die Mauer gesehen hatte. Da unter den hohen Zweigen hatte sich der Rasen
noch frisch und weich erhalten, und man atmete die reinste Luft,
die kein Staub beschwerte. Laß uns nicht ins Haus zurückgehn,
sagte ich. Ich will eine Decke bringen und hier unter dem Laubdach

ausbreiten, da wird die Ruhe süßer sein als in unserm schwülen Zimmer.

Tu's, sagte sie. Ich habe hier schon als Mädchen manche Nacht geschlafen; Nina legte mir ihren Arm unter den Kopf, dann sah ich die Sterne durch die Zweige blitzen, bis mir die Augen zufielen.

Ich brachte ein paar Kissen hinaus und ihren Mantel, da legte sie sich bequem zurecht und gab mir die Hälfte von allem ab. Über uns regte sich kein Laut, die Blätter hingen müde vom Sonnenbrand an den Zweigen, nur die Fontäne plätscherte fort, und ich selbst konnte noch keinen Schlaf finden, obwohl schon längst die stillen Atemzüge meines jungen Weibes neben mir mich zur Ruhe einluden. Ein paarmal sprach sie aus dem Traum, ich konnte die Worte nicht verstehen, aber noch jetzt hör' ich den unschuldig süßen Klang und sehe dabei das Gesicht, das mit geschlossenen Augenlidern gegen die graue Luft hinaufsah, die Brauen wie fragend ein wenig gespannt, die Lippen geheimnisvoll lächelnd, als träume sie Dinge, die sie selbst überraschten, die aber seliger seien als alles, was sie je erlebt.

Zuletzt überkam auch mich der Schlaf.

Als ich aufwachte – ich weiß nicht, nach wieviel Stunden, aber der Himmel hatte sich noch nicht gerötet –, fand ich mich allein und mußte einen Augenblick mich besinnen, wie ich hier herausgekommen war. Dann erschrak ich, daß sie nicht mehr neben mir ruhte. Warum hatte sie sich fortgeschlichen? Ich sprang auf, um im Hause nachzusehen, ob sie wenigstens den Alten zur Begleitung mitgenommen habe. Aber kaum hatte ich einige Schritte getan, da höre ich, wie die Glocke draußen am Portal heftig angezogen wird, und es überfiel mich im Nu die entsetzlichste Ahnung, daß ich alle Vorsicht vergaß und quer durch den Garten um das Haus herum nach dem Gitter hinstürzte. Dennoch war der Alte mir zuvorgekommen. Als ich um die Ecke des Hauses bog, sah ich ihn schon vorn am Portal, bemüht, eine dunkle Gestalt aufzuheben, die draußen vor der Schwelle zusammengesunken war. Beatrice! schrie ich und stürzte hinzu. Eben schlug sie, von Fabio gestützt, die Augen auf und sah mich mit einem Blick der tiefsten Angst und Hoffnungslosigkeit an. Gleich darauf versuchte sie wieder zu lächeln.

Es ist nichts, Amadeo, hauchte sie mühsam, die Hand aufs Herz gepreßt. Ich fühle keinen Schmerz, ängstige dich nicht. Bist du mir böse, daß ich fortging, ohne dich zu wecken? Ich sah dich so sanft schlafen, und ich dachte auch, es hätte keine Gefahr. Woher sie es nur wissen, daß du zurückgekehrt bist? Ach ja, ich vergaß dir zu erzählen, daß Richino gestern mittag plötzlich sagte, auf französisch, damit es niemand als ich verstehen sollte: Glauben Sie an Gespenster, Madame? Wenn es welche gibt, so mögen sie spuken, soviel sie wollen. Aber wenn *Lebende* sich einfallen lassen, revenants zu spielen, bei meiner Ehre, so will ich dafür sorgen, sie zu wirklichen Schatten zu machen! – Ich dachte, es sei nur so geredet. Ach, Amadeo, nun kann ich freilich nicht reisen, nun mußt du allein fort, noch in dieser Stunde. – Die zwei, die draußen lauerten, haben freilich gedacht, du kämst vorbei. Sie riefen mich an, als ich kaum zehn Schritte vom Gitter fort war. Meinen Namen sollt' ich nennen. Als ich schwieg, taten sie, was man sie geheißen hatte. Aber es ist nicht gelungen; sieh, ich kann noch gehen und sogar sprechen. Laß mich hier ohne Sorge, ich werde gewiß nicht sterben, wenn ich weiß, daß du in Sicherheit bist. Und dann – ich komme dir nach, sobald ich geheilt bin. Geh, mein geliebter Mann – eh' es Tag wird – deine Hand – deinen Mund –

Da versagte ihr die Stimme, die Knie brachen ein, wir trugen sie bewußtlos in den Saal und legten sie auf das niedere Ruhebett. Als wir den Mantel zurückschlugen und das Röckchen öffneten, überströmte das Blut unsere Hände. Ich beugte mich über sie, da atmete sie mit einem heftigen Stöhnen auf und sah mich noch einmal an, und sank dann zurück – und war stumm für immer.

Von diesem Morgen will ich schweigen.

Als die Sonne durch die Glastür hereinschien, lag ich noch auf der Erde vor ihrem Ruhebett und starrte in ihr blasses Gesicht. Der Alte kauerte in einem Winkel und schluchzte still in sich hinein, da hörten wir draußen ihren Namen rufen, und die Nina kam hereingerannt und fiel mit einem Schrei über die Tote und gebärdete sich, wie wenn sie selbst zu Tode getroffen wäre. Dann, im heftigsten Krampf ihres Jammers, faßte sie sich gewaltsam und wandte sich zu mir. Ihr müßt fort! sagte sie. Ich bin nur herausgeeilt, sie und Euch zu warnen, denn eben ist Richino in ihr Schlafzimmer gedrungen und hat sie gesucht, jetzt weiß ich warum: um ihr zu sagen, daß ihr Geliebter nicht mehr lebe. Denn daß es *so* kommen würde, hat er wohl nicht gedacht. Wie er sie nicht fand, ist er totenblaß geworden und wieder gegangen. Aber glaubt mir, er wird sie auch hier suchen, und wenn er die gräßliche Spur draußen findet – horch! da kommen Schritte. Er ist es! Flieht, oder Ihr seid des Todes!

Ich antwortete ihr nicht. Ich stand auf und blieb neben meinem toten Weibe stehen. Da öffnete sich die Tür und er trat ein.

Was er auch hatte sagen wollen, als er hereinkam, – der Anblick versteinerte ihn. Er wankte zurück und mußte sich am Türpfosten halten. Sein fahles Gesicht verzerrte sich von ratlosem Entsetzen, ich sah, wie er vergebens nach Atem rang.

Was suchen Sie hier? sagte ich endlich. Sie haben gehofft, *mich* in meinem Blute zu finden; Ihre Leute haben Sie schnell bedient, aber sie vergriffen sich leider in der Person. Nun sind Sie um die Schadenfreude betrogen worden, Ihr Werk zu krönen und dieses arme Herz, von dem Ihnen nie ein Blutstropfen gehört hat, mit der Nachricht zu wecken, daß ihr Geliebter tot sei und nicht wiederkommen würde. – Was hält mich ab, fuhr ich fort und näherte mich ihm, die Hände in Wut und wahnsinnigem Schmerz geballt, was hält mich ab, dich jetzt zu zermalmen, Elender, und dich mit dem Fuße über diese Schwelle hinauszustoßen, daß du die Luft in diesem heiligen Haus des Todes mit deinem Atem nicht länger entweihst? Wenn du sie noch geliebt hättest, Jämmerlicher, daß doch eine menschliche Regung dein Tun beschönigte! Aber sie an dich reißen, dies königliche Wesen zu dir herabziehen wollen – nur einem elenden Gelüste zu liebe, und weil andere dich dazu aufstachelten – geh, sag' ich, verstecke dein Gesicht in ewiges Dunkel, Mörder! denn das schwöre ich dir: wenn du nur die Hand nach dieser Toten ausstreckst, nur noch einen Blick auf sie richtest – mit diesen Händen zerreiße ich dich! Fort! –

Mitten in diesem Ausbruch meiner fassungslosen Wut wurde ich plötzlich gebändigt durch den Anblick seines Gesichts, auf dem ein Zug des tiefsten Jammers aufzuckte, als wanke ihm die Erde unter den Füßen und wolle sich auftun, ihn zu verschlingen. Er sah niemand an, versuchte sich aufzurichten, sank wie zerschmettert auf der Schwelle zusammen und lag so einige Minuten. Ich mußte mich abwenden, eine Art Mitleid wollte sich meiner bemächtigen, das mir noch ein Verbrechen schien. Als ich mich so weit gesammelt hatte, um ein letztes Wort an ihn zu richten, sah ich, daß er mit gebrochener Kraft wie ein Trunkener nach dem Gittertor wankte und den Garten verließ.

Da ließ ich Nina gewähren, die der Toten ihre Männerkleider auszog und sie in dasselbe weiße Kleid hüllte, in dem ich sie zuerst gesehen. So lag sie über Tag friedlich lächelnd unter den Blumen, die ihre Getreue aus Garten und Glashaus hereintrug. Eben war sie fertig mit diesem letzten Liebesdienst, da hörten wir einen Wagen heranrollen. Der Vater saß darin, blaß und mit einem irren Lächeln um den welken Mund. Fabio half ihm unter heißen Tränen heraus und führte ihn in den Saal. Als er sein Kind im Totenschmuck sah, sank er lautlos neben ihr auf die Knie und drückte die kahle Stirn gegen ihre gefalteten Hände. Wir wollten ihn endlich aufheben, da fanden wir, daß ein mitleidiger Herzschlag ihn mit seinem Liebling vereinigt hatte.

In der folgenden Nacht begruben wir sie beide. Niemand war zugegen als Fabio und Nina, und Don Vigilio segnete die Leichen ein. Er sagte mir nachher, daß Richino es so angeordnet und befohlen habe, mich in allem gewähren zu lassen, als sei ich Herr in diesem Hause. Er selbst habe niemand vorgelassen und sei nach einer heftigen Szene mit seiner Schwiegermutter noch desselben Tages nach Rom abgereist, die Generalin in ein Kloster, wo sie ihr Trauerjahr verbringen wolle. Ich selbst nahm, sobald sich die Gruft über den beiden geschlossen hatte, ein Pferd und ritt, noch ehe es Tag geworden war, die Straße nach Florenz. Ein Jahr darauf las ich in der Zeitung, daß die Generalin dem jungen Grafen, ihrem getreuen Anbeter, ihre Hand gereicht habe. Sooft ich später nach Bologna kam, das Grab meines Weibes zu besuchen – ich habe sie nie wiedergesehn.

## Über tredition

### Eigenes Buch veröffentlichen

tredition wurde 2006 in Hamburg gegründet und hat seither mehrere tausend Buchtitel veröffentlicht. Autoren veröffentlichen in wenigen leichten Schritten gedruckte Bücher, e-Books und audio-Books. tredition hat das Ziel, die beste und fairste Veröffentlichungsmöglichkeit für Autoren zu bieten.

tredition wurde mit der Erkenntnis gegründet, dass nur etwa jedes 200. bei Verlagen eingereichte Manuskript veröffentlicht wird. Dabei hat jedes Buch seinen Markt, also seine Leser. tredition sorgt dafür, dass für jedes Buch die Leserschaft auch erreicht wird.

Im einzigartigen Literatur-Netzwerk von tredition bieten zahlreiche Literatur-Partner (das sind Lektoren, Übersetzer, Hörbuchsprecher und Illustratoren) ihre Dienstleistung an, um Manuskripte zu verbessern oder die Vielfalt zu erhöhen. Autoren vereinbaren direkt mit den Literatur-Partnern die Konditionen ihrer Zusammenarbeit und partizipieren gemeinsam am Erfolg des Buches.

Das gesamte Verlagsprogramm von tredition ist bei allen stationären Buchhandlungen und Online-Buchhändlern wie z. B. Amazon erhältlich. e-Books stehen bei den führenden Online-Portalen (z. B. iBookstore von Apple oder Kindle von Amazon) zum Verkauf.

Einfach leicht ein Buch veröffentlichen: **www.tredition.de**

## Eigene Buchreihe oder eigenen Verlag gründen

Seit 2009 bietet tredition sein Verlagskonzept auch als sogenanntes "White-Label" an. Das bedeutet, dass andere Unternehmen, Institutionen und Personen risikofrei und unkompliziert selbst zum Herausgeber von Büchern und Buchreihen unter eigener Marke werden können. tredition übernimmt dabei das komplette Herstellungs- und Distributionsrisiko.

Zahlreiche Zeitschriften-, Zeitungs- und Buchverlage, Universitäten, Forschungseinrichtungen u.v.m. nutzen diese Dienstleistung von tredition, um unter eigener Marke ohne Risiko Bücher zu verlegen.

Alle Informationen im Internet: **www.tredition.de/fuer-verlage**

tredition wurde mit mehreren Innovationspreisen ausgezeichnet, u. a. mit dem Webfuture Award und dem Innovationspreis der Buch Digitale.

tredition ist Mitglied im Börsenverein des Deutschen Buchhandels.


## Dieses Werk elektronisch lesen

Dieses Werk ist Teil der Gutenberg-DE Edition DVD. Diese enthält das komplette Archiv des Projekt Gutenberg-DE. Die DVD ist im Internet erhältlich auf **http://gutenbergshop.abc.de**